雙星的天劍士

HEAVENLY SWORD OF TWIN STARS

2

七野りく

Riku Nanano

［插畫］cura

Kadokawa Fantastic Novels

登場人物

隻影
前世是英雄的少年。

張白玲
名門千金。

王明鈴
大商人的女兒。

瑠璃
自稱仙娘的軍師。

張泰嵐
救國名將。

阿岱
意圖一統天下的玄國皇帝。
同時是個怪物。

叟祿
灰狼。玄帝國的年輕武將。

義先
玄帝國最強的武人。

赫杵
玄帝國引以為傲的軍師。

玄

燕京

七曲山脈

大河

西冬

蘭陽

敬陽

大運河

臨京

榮

序章

「糧食和物資怎麼還沒搬完？往敬陽的船中午就要出發了啊！」

「立刻派能調動的人手跟載貨馬車去港口！」

「雖然『張護國』大人本來就常常打勝仗，但這次可真是一筆大生意啊～」

「明鈴大小姐去哪裡了？現在很需要她來指揮……」

榮帝國首府──「臨京」。

位於一等地的王家大宅籠罩在喧囂聲中。

我──王明鈴大小姐的隨從──靜，在送走「自稱仙娘」的那名女子以後回到宅內，然而王家上下都忙著在走廊上東奔西走，大聲指示要儘快將貨物送往港口，沒有察覺到我的存在。

帝國北方的大城「敬陽」遭到占領大河以北地帶的「玄國」大軍進攻，並在一場激戰過後成功守下城鎮的那場戰役，已經是一個月前的事。

守住那片土地的──並不是本國最聞名遐邇的英雄「護國神將」張泰嵐，而是明鈴大小姐那位負責留守敬陽的心上人，也就是和我一樣擁有一頭黑髮的隻影先生。

第一眼見到他時，就感覺他一定不是個小角色……卻也沒料到竟然能夠打倒敵方的強將「赤狼」，成功避免敬陽在張將軍回來之前遭到攻陷！

簡直就像圖畫故事中的勇猛豪傑般活躍。

但聽說城鎮內部仍然被叫做「投石器」的兵器嚴重摧殘。

甚至是榮帝國長年下來的盟友——西北方的貿易國「西冬」的背叛。

目前玄國與西冬沒有任何明顯動靜，不過如今敬陽得同時戒備大河以北和西方前線，勢必需要加強防禦。

因此以王家為首，臨京的各個商家都承接了不少生意……

「對隻影先生和白玲大小姐來說，算是終於度過一次難關吧。」

黑髮紅眼的青年，與銀髮藍眼的貌美姑娘——我想起先前有緣認識的兩人，不禁細聲感嘆。

即使成功打倒敵方將領，往後的每一場仗也只會愈發艱難吧。

我一邊想著在敬陽的兩位張家人，一邊走往大小姐的房間時——

「靜、靜姑娘！」

褐色短髮的女官學徒看起來相當慌張地朝我跑來。

我伸手整理她亂掉的頭髮，把裝著伴手禮——芝麻球的紙袋交給她。

「妳頭髮都亂了，先冷靜點。明鈴大小姐換好衣服了嗎？」

「謝、謝謝您。但大小姐她……」

眼前這位姑娘害臊地低頭接過紙袋，支支吾吾起來。看來是失敗了。

明鈴大小姐以往總是非常活潑，也會細心顧慮每一位服侍王家的人，然而最近卻常常待在寢室，不願意外出。我扶著額頭說道：

「唉……真是位教人傷腦筋的大小姐啊。接下來交給我。」

「謝、謝謝您！」

我和女官學徒道別過後，順著走廊前往王家大宅深處。

沿途欣賞著老爺和夫人遊走大陸各地收集而來的奇珍異品，同時走向明鈴大小姐的房間。

圓窗外的天空萬里無雲，天氣非常晴朗。

或許晚點可以考慮帶大小姐去外面散散步。

我輕輕推開雕有精緻雕刻的房門，悄悄望向房內。

隨後就聽見一句來自床榻上的夢話。

「唔……唔……隻影先生……就由明鈴來照顧你吧……」

……竟然趁我不在，又睡起回籠覺。

現在的大小姐實在不像是會在老爺和夫人外出時，負責掌管家中大小事的人。

敬陽那場攻防戰結束後不久，張家的大小姐——白玲姑娘寄了一封書簡過來——

「隻影的左手在戰爭中受了傷，但非常平安。我會負責照料他。」

大小姐或許是過分在意書簡中的這番話吧。

我嘆了口氣，走過長桌旁邊。

桌上放著仙娘大人派人帶來的細長木箱。那是逃出「西冬」的人帶來的「奇妙兵器」，據說可以「有效制服騎兵」。

我靠近床榻——

「明鈴大小姐，已經中午了！來，請快點起床。」

「唔！呀！」

強行拉走她那條用上好絹布製作的被子。

大小姐身穿淡橘色的睡袍，睡得連解開馬尾的長長栗褐色頭髮都翹了起來。

身材嬌小的明鈴大小姐眨了眨圓滾滾的雙眼，並在鼓著臉頰坐起身後大力揮了揮雙手。

「阿、阿靜！妳進來之前要先說一聲啊！我現在正在為無法去敬陽找心愛的丈夫感到痛心不已！而且只有那個不只可恨還沒什麼胸部的張白玲寫信過來——哇噗！」

我拿起放在附近椅子上的衣物，推到大小姐臉上。

接著豎起左手食指，對大小姐說教。

「請先換好衣服！而且您下午還得檢閱文書，大家都很煩惱事情不好處理。」

「……好～」

語氣聽來心不甘情不願的明鈴大小姐這才終於開始換衣服。

……為什麼她只有胸部這麼豐滿呢？是榮帝國的仙術或方術帶來的奇效嗎？

這道自服侍她第一天起就懷抱著的疑問至今依然未解。我開始替大小姐準備茶。

「起床整理好儀容以後，就應該喝杯茶。」

這是夫人告訴我的王家傳統。

明鈴大小姐動作俐落地獨自換穿衣服，並在用放在房間角落的冷水清洗臉部和牙齒之後坐上椅子。

我自大小姐年幼時就隨侍在側，因此看到她有任何成長，都會高興得想好好寵溺一番。可惜她很容易得意忘形，所以絕對不會這麼做。

我故作鎮定，細心地替她倒茶——茶裡傳來淡淡果香。

「今天的茶葉來自南方，請用。」

「…………唔～」

我走到生悶氣的明鈴大小姐身後，用梳子替她梳理頭髮。

她喝了一口茶，老實道出感想。

「啊，好好喝。可是這個味道隻影先生應該喝得出是哪種茶……？唔～」

她剛才的悶氣就在轉眼間消失無蹤。真可愛。

我面露微笑，替正在想像與心上人下一次見面的大小姐綁起頭髮，並把在港口收到的那份書簡放到圓桌上。

明鈴大小姐轉過頭來，眨了眨圓滾滾的雙眼。

「嗯？這是？？」

「這是來自敬陽的信。這份書簡送到港口的時候，我剛好就在那裡。」

「唔！該不會是隻影先生！」

一看到她表情明顯開心許多，我的嘴角也不禁更加上揚。

明鈴大小姐還是笑起來比較好看，實在是太感謝隻影先生了。

明鈴大小姐愉快地開始看起那份書簡。我坐到她身旁，往自己的茶碗裡倒茶。

細細品嘗這碗茶時，聽到一旁不時傳來大小姐的細語。像是「……欸嘿嘿。」「嘖！白玲姑娘果然是敵人……」「貓？」單是看見她這副模樣，就會感到溫馨。

途中，明鈴大小姐忽然吊起眉梢。

「…………唔～」

「明鈴大小姐？隻影先生怎麼了嗎？」

她緩緩將書簡遞給正朝著空茶碗倒第二杯茶的我。

「我可以看嗎？」

「……嗯，我不介意給阿靜看～」

「謝謝您。那麼，恕我失禮了。」

聽見大小姐這段理所當然能讓我看這份書簡的話，又不禁會心一笑。隨後，便開始閱讀手上的書簡。

*

「王家的麒麟兒　明鈴閣下

我必須為自己得過這麼久才能寫信給妳致歉。

在戰場上受了傷，實在無法執筆。

請原諒我的無禮——……

會寫得這麼正經，是因為其他人頻頻勸我要鄭重向妳道歉，但寫起來還真教人害臊。

接下來就不裝模作樣了。

首先，很抱歉遲遲沒有向特地安排老爹他們回來敬陽的妳道謝。

其實左手受傷也能寫出一、兩封信……然而可怕的張白玲大人這陣子總是無時無刻在一旁照看著我，實在逃不過她的眼睛。希望妳能夠諒解。

妳也知道我夢想成為小城鎮的文官，可不想早早送命。

現在甚至跟貓一起躲在倉庫裡寫這封信呢。

那傢伙自從我受傷之後，就過度保護……即使勸她不用擔心，也完全聽不進去。

總之！

我要由衷感謝妳願意安排船隻，讓敬陽免於遭到敵軍攻陷。

老爹也親口保證他一定會找機會報答妳。

我的傷勢已經好很多了。無須擔心。

懷疑腿上這隻貓會不會是白玲派來的密探的隻影上

附註

我收到「天劍」了。謝謝妳的協助。

——不過！

沒有人知道這對雙劍是不是真的天劍，而且我手上只有一把「黑星」。
因為「白星」現在是白玲的了。
妳應該也知道一對才能稱為「天劍」吧？
我願意儘量派人或親自協助妳今後的請求。不過，跟妳結婚這件事情我們彼此都再仔細考慮看看……
糟糕！被白玲發現了！
改天會再寫信告訴妳詳情！先這樣了！」

＊

「我看看……原來如此，看來隻影先生果然平安無事呢。」
我在看完這份書簡後小心翼翼地將它摺好，還給大小姐。
「天劍」——千年前史上第一個完成天下統一大業的國家，煌帝國。傳說該國的大將軍皇英峰傳承給大丞相王英風的，就是那對雙劍。
隻影先生之前要求明鈴大小姐完成一件強人所難的難題——
「如果找得到『天劍』，就考慮和明鈴大小姐結婚。」

明鈴大小姐為了達成他的要求，便努力翻找所有相關的古老文獻，甚至拜託我剛才送走的那位仙娘大人幫忙，最後順利在西方的老舊靈廟找到那對雙劍。榮帝國似乎謠傳得到天劍「就能稱霸天下」或「得到天下無雙的武才」。

……隻影先生怎麼知道那對雙劍分別叫什麼名字？而且他成功把天劍拔出劍鞘了？連白玲大小姐都拔得出來？？

明明包含我在內的所有人都不曉得那對雙劍真正的名字，也無法將其拔出劍鞘。

「嗯！真是太好了。先前就算收到白玲姑娘的信，我還是不太放心——……不對——！」

明鈴大小姐迅速站起身，桌上的茶碗也晃了一下。她語氣嚴肅地細聲說道：

「……太奸詐了。」

「……咦？」

我拿起書簡，避免它沾到茶，同時對大小姐這番話表示疑惑。

安靜等待明鈴大小姐的回答，她忽然大力抬起頭，拍桌咆哮：

「我也……我也想用照顧隻影先生的藉口來獨占他啊啊啊啊～！」

「…………這樣啊。」

明鈴大小姐就如隻影先生在書簡上寫到的——是「麒麟兒」。

她的名聲總有一天會不再僅限於臨京，而是傳遍榮帝國的每一個角落。

然而愛情使人盲目。每次提到隻影先生，大小姐原本深謀遠慮的眼神就會變得不顧前後。

大小姐並沒有因為我的憐憫眼神收斂起來，而是繼續手腳併用地大聲吵鬧。

「……我知道，別以為我看不出來。那個乍看冷靜，但一扯到隻影先生就會變得很笨拙的張家大小姐，一定會趁這機會緊緊纏著隻影先生不放！太卑鄙了！太不公平了！我也想用『隻影先生現在受了傷，不能太勉強自己喔』封住隻影先生的所有藉口，強行幫他處理工作、餵他吃飯，還要睡在同一張床上！！！！！」

「……她應該沒有這麼做吧？」

「一定有！換作是我，也絕對會這麼做！」

就我看來，白玲大小姐是一位非常有操守的女子。應該不用擔心她會亂來……

明鈴大小姐雙手環胸，繼續發脾氣。

「而且『雙星天劍』可是我特地低聲下氣請瑠璃幫忙，才終於找到的……隻影先生這個大傻瓜！不要臉！居然不把人家當一回事——！」

「我認為他應該沒有不把您當一回事喔。」

我苦笑著擁抱身材嬌小的大小姐。

「隻影先生為人非常坦率。也或許是因為他的坦率，才會不惜瞞著白玲大小姐，寫一封親筆信給您吧？——難道您收到他的信，一點也不高興嗎？」

「這……我是很高興沒錯……」

臉頰微微泛紅的明鈴大小姐小聲說道。

雖然她處理正事時會顯得很成熟，但假如像現在這樣沒有其他人在，還是會像以前一樣顯露孩子氣的一面。

我撫摸著大小姐亮麗的栗褐色頭髮，出言勸說：

「隻影先生會懷疑我們交給白玲大小姐的『天劍』是冒牌貨，其實也不無道理。畢竟能分辨真偽的人，也只有傳說中的『雙英』，也就是皇英峰和王英風——……」

「阿靜？妳怎麼了？？」

懷裡的大小姐狐疑地看向停下手的我。

我道出自己的想法。

「沒事，我只是覺得，仙娘大人或許有辦法證明是真的天劍。」

「啊！說得也是！可以找瑠璃幫忙！她一定有辦法幫我證明！」

明鈴大小姐握緊她小小的手，雙眼綻放閃亮光輝。

我想起那位在有不少異國人士出入的臨京當中，頭髮與眼睛顏色也格外顯眼的姑娘，以及我們在港口的對話，隨後便搖頭。

「很可惜……瑠璃姑娘今早已經離開臨京。她說會親自去看看張家的情況。而且宮中似乎傳出詭異的傳聞，也幸好我們早日備好了船。」

「——……咦？」

大小姐頓時僵住不動，雙眼圓睜。

我很清楚之後會發生什麼事，立刻摀住了耳朵。

她深吸一口氣——

「隻影先生和白玲姑娘跟瑠璃都是大傻瓜——————！！！！！！！！！！！」

明鈴大小姐發自魂魄的叫喊響徹整座大宅，使得庭院的小鳥們一同飛向他方。

＊

「這沒什麼好談的！我們應當征討打破兩國長年情誼的『西冬』！而且現在北方那群馬人應該也還沒從在敬陽吃的那場敗仗當中振作起來！」

一名肥胖男子——榮帝國副宰相林忠道的叫喊，響徹眾官員齊聚的宮中廟堂。

他頂上無毛，四肢粗如圓木。據傳年齡將近六十，卻顯得比年齡年輕許多。然而其雙眼受到權勢遮蔽，沒有一絲深謀遠慮，服裝也是過度奢華。

他是皇帝的遠親，在內政上也略有功績，但絕對沒有足夠能耐帶頭掌管政務。

大概是想趁這次機會奪走我——楊文祥的宰相大位。

……是他那個總是戴著狐狸面具的親信替他動的歪腦筋吧。

我瞥了天壇一眼。

身穿亮黃色龍袍，坐在龍椅上的年輕男子——皇上一臉傷腦筋地看著我們的爭論。

自從聰明伶俐的皇后在數年前過世之後，皇上就收忠道的愛女為妾。

……如果我當時堅決反對，就不會陷入如此窘境了！

我懷著後悔摸起自己的白鬚，冷靜安撫政敵。

「……忠道閣下，先冷靜下來。我懂你的心情，但攻打西冬是攸關全國上下的大事。而且也得過問最前線的張將軍怎麼想。」

「哼！我們不必問那個農家小子……他可是違背皇上的命令，擅自離開首府的不忠之人！他只要能在我們進攻西冬時守好自己負責的領地就夠了。」

父親與其祖先皆是農夫的張泰嵐在收到皇上的召喚之後，便一直在臨京待到前幾天才離開……因為他收到玄國大軍進攻大河與敬陽的消息，需要急忙回去北方一掃敵軍。他拿下的勝仗不只讓臨京百姓樂不可支，我們這些宮中的官員自然也是不禁舉杯慶祝。

而副宰相那一派的人竟然連張泰嵐這麼偉大的豪傑都不放在眼裡！

我語氣平淡地提醒他事實真相，卻也無法克制自己的聲音變得低沉。

「……你說的『農家小子』可是保住了差點遭到攻陷的敬陽，還打倒了玄國引以為傲的『四狼將』之一呢。」

「宰相閣下，你太天真了！就是因為我們老是要求張家軍顧好前線的大小事……他們才會愈來愈囂張！」

「那你說，我們該怎麼辦？」

自五十多年前——我國尚未失去大河以北的土地時以來，我國大多軍隊可說是弱不禁風。一直以來都是「張護國」率領的精兵，在替我國阻擋北方企圖南下的「玄國」大軍。

林忠道轉動肥胖的身軀，面向皇上。

「皇上！臣也認為張泰嵐長年下來的戰功確實可圈可點。但是，您別忘記他總是高聲主張我們應該展開不可能成功的『北伐』。臣有些懷疑他只是利欲薰心，想要獨占功勞。」

「胡說！他不可能如此自私！」

我忍不住微微站起身，大聲反駁。

他竟敢懷疑張泰嵐不忠不義——若他真是那種人，我國又有哪個將領值得信賴？

然而廟堂內的眾官員不是低下頭，就是將視線撇向一旁。

這些人居然不懂有時大事化小只會招致災禍……副宰相晃了晃他的身軀接著說：

「請皇上命臣出兵征討『西冬』那個賊國！根據臣打聽到的消息，北方那群馬人沒有派軍隊駐紮在西冬。若不馬上進攻……敬陽遲早會被敵軍攻下！臣定會拖著年邁的身子率兵攻打賊國，讓皇上能夠高枕無憂！而且我們有所向無敵的禁軍！假如能夠動員西方和南方的軍隊，便能組成超過十五萬的大軍。臣會率領這支大軍——」

忠道瞬間轉頭瞥了我一眼。

他的神情顯露自負與嘲笑。

「偷襲西冬南方的『安岩』！」

他竟然想率領禁軍——也就是皇上親自掌管的中央軍，和最近幾年沒有出征的西方與南方精兵直接攻打西冬，甚至不利用敬陽作為後勤？

十五萬大軍的確能夠在與玄軍和西冬軍交戰時取得優勢。偷襲或許也有奇效。

但不利用大運河，可能會來不及將物資送往前線。畢竟馬能載運的量遠遠不及船隻。

同時，「偷襲」這一詞也相當誘人。

這番進言絕對不是他自己想出來的主意。

我必須擋下這魯莽的提議——

「文祥。」

「……是！」

皇上只簡短呼喚了我的名字。我立刻面向皇上，低下頭來。

皇上在沉重得難以喘息的沉默中走下天壇——將手放到我的肩上。

「朕不認為泰嵐會利欲薰心，但忠道所言也不全然沒有道理。如今『西冬』已是敵國，而攻打西冬也比需要橫越大河的『北伐』容易許多。若有機會攻下西冬，我們也應該把握這個大好機會，不是嗎？屆時就麻煩你安排穩定物資了。」

「…………遵旨。臣定會盡一己之力。」

大河這條天然城牆替我國擋下了玄國數十年來的侵擾。

然而，現在是敬陽西北方的西冬與我國反目……即使是張泰嵐，也必定無法避免一場苦戰。

若不論副宰相的提議是否可行，他說的也確實有道理。

皇上收回放在我肩上的手，高聲令下：

「林忠道！朕命你率軍征討「西冬」！——千萬不可輕敵。除了禁軍以外，也可以帶上多次與蠻族交戰的南軍與西軍將領。」

「唔！謝、謝主隆恩，但是──」

「臣推薦可以帶上南軍別名『鳳翼』的徐秀鳳，以及西軍人稱『虎牙』的宇常虎。」

我急忙打斷副宰相的話，向皇上進言。

假裝沒聽見一旁咬牙切齒的聲音，迅速交碰雙拳。

「二位將領征戰二十餘年，至今百戰百勝。若有與張泰嵐並列『三大將』的其中兩人在，士氣必然大振。另外──臣想建議皇上允許張家派出一支軍隊。愚臣認為讓張泰嵐不至於在此等大戰中顏面盡失，才是掌管天下之人應有的器量。」

第一章

「喔喔～才過幾天而已，已經重建不少了嘛！」

榮帝國北方湖州大城——敬陽的東區。

我——成功守下敬陽的張家養子隻影一邊聽著從正在修理的建築內傳來的規律木槌聲響，一邊發出感嘆。

一個月前，占領大河以北的『玄國』對敬陽造成非常嚴重的破壞，但當時被炸出大洞的屋頂和牆壁已經完好如初，燒壞的柱子也大多收拾乾淨了。

「是啊，比原先預料的還順利。」

我身旁這位用紅色髮繩綁起美麗的長銀髮，還擁有一對醒目藍眼的貌美姑娘——張家的長女白玲瞇細了雙眼，點頭同意。

她的語氣乍聽冷淡，眼神卻有掩藏不住的溫柔。

我們幾乎每天都會像這樣到各區巡邏，所以看到重建速度比預期好，更是格外欣喜。

我對從小一起長大，身穿一如往常的白底衣裳的她露出微笑。

「這都要拜老爹負責指揮重建所賜。」

白玲的父親「護國神將」張泰嵐不僅僅是長年抵禦榮帝國北方玄國侵擾的猛將，連內政也難不倒他。下次請教一下訣竅好了。

我雙手環胸，如此獨自心想。這時，白玲忽然用似乎很受不了的眼神看向我。

「……你的表情真奇怪。大概又在想自己要怎麼當上小城文官這種無意義的話了，你永遠不可能實現這個夢想，還是早點放棄吧。」

「什麼！妳、妳啊……有、有些事情是不應該說出來給別人聽到的啊！」

我忍不住向她抱怨。我的夢想並不是當個馳騁戰場的武官，而是當個每天只需要處理普通的文書工作，生活不會太過忙碌的小城文官。

但是……自從我被收為張家養子至今十幾年來，和我幾乎是形影不離的張白玲卻不認為我當得成。

白玲用她纖細的手指觸碰防火水瓶裡的水面，激起的漣漪打散了我身穿黑底衣服的倒影。她若無其事地接著說：

「今天早上的文書工作又是我比你更早完成。」

「還、還不是妳要我儘量別用受傷的左手！不然我早就——」

「哎呀?張家的隻影大人明明強大到足以打倒名震天下的『赤狼』，遇到這種小事卻還想狡辯啊?」

白玲非常刻意的用她細長的手指抵著自己的下巴。她腰上那把收在純白劍鞘內的「天劍」之一——「白星」也隨著此舉輕輕晃動。

這、這傢伙……就只有在捉弄我的時候會露出這個年紀的姑娘特有的可愛神情!

我故意面露不悅，同時回憶起一件事。

——率領大軍闖越杳無人跡的大森林與七曲山脈。

拉攏貿易國家「西冬」，並攻打敬陽的玄國猛將「赤狼」阮古頤確實相當強悍。

就連隱約留有千年前為史上第一個達成天下統一壯舉的煌帝國揮舞天劍，從未吞敗的大將軍「皇英峰」記憶的我，都一度敗在他手下。

我最後能夠打贏，是拜在戰場上努力不懈的將軍與士兵們，和居民們的幫助所賜。

以及老爹果決地帶著精兵從臨京趕來戰場。

而最大的功臣——我害臊地摸著與「白星」成對的「黑星」漆黑的劍鞘。

「能打贏阮古頤不是我一個人的功勞。是因為老爹——還有妳趕過來幫忙。」

「唔!……那當然。畢竟你就是有我在，才能闖出一些名堂。」

白玲倒抽一口氣，睜大了那雙比任何人都更美麗的雙眼，但她很快又恢復平靜，用手撥了撥在陽光下閃閃發亮的銀髮。

我裝模作樣地聳了聳肩，出聲感嘆：

「真過分啊。唉……以前那個可愛的張白玲不曉得去哪兒了呢？」

「我才想這麼說呢。請快把以前那個坦率又可愛的隻影還來。」

「「唔！」」

我們在一如往常地相互瞪視時，聽到周遭人過來打招呼。是在屋頂上修理建築的士兵們，和正在搬運材料的熟識居民們。

「白玲大人！隻影大人！」「少爺，您的傷勢好多了嗎？」「之前就聽過傳聞了……」「還真的會兩人一起巡視耶～♪」「看來遲鈍得像個大木頭的少爺終於也懂女人心了！」

「「…………」」

我跟白玲面面相覷，各自退開半步。總覺得莫名難為情。

我抓亂自己的黑髮，對大家喊道：

「……真受不了你們耶。唉，記得小心點，別受傷了啊～」

士兵和居民們開心地揮了揮手，或是拍打胸脯，接著便回頭處理各自的工作。

自從那場攻防戰以後，走在路上就更容易有人對我們打招呼了。我並沒有這資格就是了。

打算把雙手環在後腦勺時，白玲伸手捉住我的袖子，要我不可以動到左手。

我放下懸空的右手，對手碰著劍鞘的銀髮貌美姑娘問道：

「那麼，我們接下來要做什麼？？」

「今天再巡視完這一區就好了。」

「了解。」

我們在小巷內緩緩前行。這樣的悠閒時光也不賴。

我對走在身旁的白玲提議。

「反正來都來了，順便去逛逛市場吧？走這麼久，我也餓了。而且最近因為某人不必要的過度保護，每次巡視完就立刻回大宅了啊～」

「……看來我們的想法有出入呢。」

白玲明顯鼓起臉頰走到我面前，左手扠著腰。

她用細長的指頭指著我，對我訓話。

「聽好，你是個傷患。而且你的傷勢照理說應該會整整半年拿不了任何東西，像這樣不到一個月就好轉才是特例。給我好好反省。」

「怎麼是我要道歉啊！再怎麼樣都是妳擔心得太過頭才對──」

「父親吩咐我不能讓你一個人到處閒晃。如果有意見，不妨直接跟他說吧？」

「唔。」

她毫不遲疑的反駁，讓我無法再多說什麼。

或許是有其父必有其女，連外表看起來豪放不拘的老爹都意外愛操心。

我撇開視線，安撫瞇眼瞪著我的這位姑娘。

「但已經幾乎康復啦。現在也不會痛了，而且我也沒有傻到會害自己的傷勢惡化——」

「你就是這麼傻，總是動不動就勉強自己。請你也好好為每次都會受牽連的我著想。」

「妳、妳也用不著這麼說吧！」

太過分了。張白玲，太過分了。

雖然她現在老是這樣對我說話，小時候是真的可愛極了。以前不管我去哪裡，她都會跟在後面——……「請你也好好為每次都會受牽連的我著想」？

我頓時陷入沉默。白玲疑惑地接著問道：

「……你這眼神是什麼意思？」

「啊～就是……妳這種說法聽起來很像我一遇到什麼大事，妳就一定會來幫我。」

隨後吹來一陣強風，吹動她的銀髮和紅色髮繩。

白玲的脖子和臉頰在察覺話中之意後，迅速變得通紅——

「唔～～！」

接著用雙手不斷捶打我。

「妳、妳不要故意打左手！我現在還算是個傷患耶！」

我一邊抗議，一邊閃過她的捶打。

於是白玲不開心地鼓起臉頰，用平淡的語氣說：

「……好吧。既然你已經康復，那明天開始別想休息。我要你照常接受馬術、劍術和弓術的訓練。你應該沒有那個熊心豹子膽說不要吧？畢竟傷勢都康復了嘛！」

太、太卑鄙了！

不過我在這十年間也學到了這時候繼續反駁她，也只是無謂的抵抗。

也就是說，現在應該要選擇——這麼做！

「……啊～馬術可不可以——」「你應該沒意見吧？」

「…………沒有。」

本來打算和白玲討價還價，卻完全不敵她的威脅。

明天過後就不能多睡一會兒了啊……好吧。

就在我有點沮喪時，忽然傳來一陣花香。

「嗯？白玲？？」

因為身旁的青梅竹馬突然輕輕捉住我的左袖口。

如果現在是兩人獨處，倒是沒什麼好稀奇的，但她平常很少在人前這樣……

我直盯著她，她才語速飛快地解釋。

「要是沒抓著害你走丟了，會很困擾……你的手真的不會痛嗎？沒騙我吧？」

她似乎覺得自己說得太過火了。這傢伙果然很溫柔。

我伸出手，撥開她頭髮上的塵埃。

「我就說不會痛了。謝謝妳。」

「……不用謝我。」

如此說道的白玲害臊地低下了頭。

敬陽正是將整片大陸分為南北兩側的大運河的貿易重鎮。

這使得許多來自各地的商品流入敬陽——因此市場總是非常熱鬧。

萬里無雲的今天也有無數攤販在市場做生意，充滿活力的叫賣聲此起彼落。

市場裡可見大量的鮮魚、鮮肉與新鮮蔬菜。看起來美味可口的餐點和零嘴。布料、衣服、野獸毛皮、瓷器、陶器與少見的舶來品。

……如果敬陽沒有緊鄰戰地，應該會變得更加繁榮呢。

我暗自感慨，同時和白玲一邊閒聊，一邊逛著市場。途中不見往來的行人，看來我們在不知不覺間走進了小巷內。

小巷內有一位應該不到十五歲的「小弟」，他披著足以蓋住頭的外衣坐在竹椅上，並用剪刀修剪手上的淺白色花朵。

我和白玲停下腳步，看往涼蓆上那個桶子裡的花束。

「哦……」「好少見的花呢。」

……敬陽附近有這種花嗎？

我懷著些許疑問詢問身材嬌小的老闆。

「小弟，想問你是在哪裡採到這種花的？」

小弟隨即稍稍抬起頭，用剪刀剪斷了手上的白花。

——連在敬陽都很少見到擁有一頭金髮或綠眼的人。他的瀏海蓋住了左眼。

看來應該是來自西冬西北方「白骨沙漠」另一頭的幾個國家。

「……我不能告訴你，不然會做不了生意，還有——」

他的聲音隱約摻雜著怒火。

聽見身旁的白玲小聲說了一句：「……傻瓜。」

個子不高的老闆從椅子上站起身，露出他金色的長髮瞪視著我。

「我是女子。如果你們不買，可以讓開嗎？我討厭會上戰場的人。」

竟然誤以為她是男的。

其實她這樣站著就很容易看出是女子……可是身材沒什麼曲線，剛才那頭用藍色髮繩簡單綁著的金髮也藏在外衣底下，完全沒注意到。

我尷尬地雙手合十，老實道歉。

「抱歉！我會買妳的花，拜託原諒我吧。」

「…………」

左眼用瀏海蓋住的這位姑娘陷入沉默，僅僅只是散發非常冰冷的沉重氛圍。

唔！氣、氣氛好凝重！

白玲傻眼地嘆了口氣。

「唉……真受不了你。對不起，他這個人就是這麼遲鈍，還請妳大發慈悲原諒他。妳賣的花真的好漂亮。」

「……銀髮藍眼的貌美姑娘……所以，那把黑劍……」老闆眨了眨右眼小聲說道。

她壓低視線回答：

「……張家的大小姐，妳的髮色和眼睛也很漂亮。」

「謝謝妳的讚美。」

白玲的外貌也是敬陽人人皆知的與眾不同。她面露柔和微笑出言道謝。眼見氣氛不再緊張，我也終於鬆了口氣。

……即使有前世的記憶，也還是沒辦法在這種時候派上用場呢。

我不禁苦笑，這時金髮姑娘的雙眼看向了我和白玲的腰際。她似乎覺得很好奇？

她撥弄著金髮說道：

「——……那把劍……」

「嗯？喔，這是我的愛劍。它很銳利，還很堅固呢。」

煌帝國第一代皇帝曾說——

「這對天劍是以墜地星辰打造而成，且無堅不摧。」

皇帝所言不假，這對雙劍不像一般武器，它能夠毫髮無傷地承受我揮劍的力道。甚至上次與玄國大軍交戰時，還將「赤狼」的鋼鐵甲冑砍成兩半。

金髮姑娘收起剪刀，低聲問道：

「——……你……能拔出那把劍？」

「嗯？我總不會帶著一把拔不出來的劍在身上吧？妳真會說笑……唔唔！」

「你先閉嘴。」

白玲不知為何有些慌張地摀住我的嘴巴。

金髮姑娘直直凝視隨著白玲這番舉動晃動的「白星」。

這傢伙……難不成知道「天劍」？該不會是玄國或西冬派來的密探吧？？

我輕拍白玲的手臂，對她使了個眼色，要她放開手。

「好～好～我會乖乖閉嘴～嘿！」

我從桶子裡拿出一朵花，先用袖子擦乾上頭的水，再插上白玲的瀏海。

「唔！隻、隻影？你、你做什麼……」

平時總是冷靜沉著的張家大小姐嚇了一大跳，開始不知所措。

我從懷裡拿出錢袋，拿了稍多的銅錢給睜大了那對綠眼的金髮姑娘。

「嗯，真好看。妳應該也這麼想吧？包一束給我吧。」

「…………」

金髮姑娘以那雙小手接過銅錢後點點頭，用很難以置信的語氣詢問扶著雙頰，看起來很混亂的白玲。

「我問妳……這個人總是這副德性嗎？」

「——……對。」

「辛苦妳了。」

「謝謝妳的關心。妳應該知道我的名字，但請容我正式自我介紹——我叫做張白玲。可以請問貴姓大名嗎？」

「瑠璃……你講話之前再多想一下。」

金髮姑娘在簡短報上名字後如此說道，並將花束塞給我。我剛才有做什麼必須挨罵的事嗎？

一邊覺得被罵得很無辜，一邊收下花束。這時有聲吶喊傳進耳中。

「有賊！！！！！快、快來人幫忙逮住他們！」

「「「！」」」

一往大街的方向看去，就看見兩名獐頭鼠目的男子迅速朝著這裡跑來。他們身上的衣物有點髒，明顯不是敬陽的居民，似乎正在逃離衛兵。

「白玲，幫我拿著！」「……真拿你沒辦法。」

我將花束拋給身旁的銀髮姑娘，跑到小巷中間攤開雙手。

「滾開滾開滾開！！！！」「你不要命了嗎！！！！！」

兩名男子拔出腰上短劍，高聲怒吼。

……真拿他們沒辦法。

我輕輕握拳，卻聽見屋頂附近傳來一道年輕又有活力的嗓音。

「左邊的我來！你負責右邊的！」

我還來不及出聲阻止，一名褐髮青年便從屋頂上跳下來，他的外衣隨之飄逸，並踢飛其中一名男子。

他的皮膚黝黑，是南方人嗎？

「唔！呃！」

遭到偷襲的男子趴在地上動也不動，似乎昏過去了。

「可、可惡！竟、竟敢瞧不起人！」

另一名沒有倒下的光頭男子試圖用短劍攻擊青年——

「～～～唔！」

「到此為止。」

男子被我凹折手腕，跪地哀號。

我撿起他掉落的單刃短劍，傻眼地拿在手上轉動。

「你們啊，敬陽可是『護國神將』張泰嵐的地盤，大白天的就偷東西怎麼可能不會被逮？你們是打哪裡來的？」

「噫！…………」

「喂～？……看來是昏過去了。謝謝，你幫了大忙。」

男子面色蒼白，陷入昏厥。我應該沒有很凶啊？

轉頭看向披著外衣的青年，為他幫忙制伏另一名竊賊道謝。

……這傢伙五官挺端正的嘛。老天爺真是太不公平了！

青年絲毫沒有察覺我的想法，以稚嫩的笑容回答：

「不會！這是應該的——……黑髮紅眼……你該不會是——」

附近傳來尖銳的指哨聲。一般只有在戰場上會用指哨下命令。

青年像是忽然想起了什麼事，深深低下頭說：

「不好意思，我還有急事，先告辭了！」

「啊，喂！」

還來不及要青年別走，他就急忙跑著離開了。

我看見大街的人群當中有一名身材魁梧，且披著外衣的男子。

……他們是什麼人？

衛兵們在我思考這個問題時，跑來我們制伏竊賊的現場。

「隻、隻影大人！您怎麼會在這裡……」

走在前頭的年輕士官看起來非常耿直，是長年輔佐張泰嵐的老將禮嚴的遠親——庭破。

我將賊帶著的短劍交給庭破，輕拍他的肩膀。

「庭破，接下來交給你了。晚點告訴我這兩個賊是哪裡來的。我猜是從『西邊』來的。」

「——……遵命！」

庭破神情緊張地對我敬禮，回頭指揮其他衛兵。

——敬陽的西方。

那兩個賊帶著的單刃短劍並不是一般短劍……應該是從「西冬」逃過來的。

我暗自思考他們的來歷，走回白玲身邊。

她不只手上沒有剛才的花束，瀏海上也不見那朵花。嗯？

只對我特別嚴苛的銀髮小公主對正感疑惑的我講述評語。

「你的身手退步了不少。」

「妳倒是說說看是誰不讓我照常訓練的啊！剛才託妳拿著的花束呢？還有——」

環視周遭，完全不見剛才那位金髮姑娘。

「老闆呢？」

「瑠璃姑娘說需要去一個地方，錢也還給我們了。說來神奇，花束和我瀏海上的花都消失得無影無蹤……剛才那名青年是誰？」

「他身手滿好的，看起來不是敬陽人。」

不可思議的金髮姑娘、疑似來自南方且明顯有習武的青年。

今天真容易遇到一些奇妙的人。

「是啊。而且——」

「嗯？怎麼了？？」

我看往陷入沉默的白玲。

「沒有，應該是我看錯了……他不可能會來敬陽。」

白玲自言自語似的說完，便把銅錢遞給我。

她隨後用手勾住我的左手臂。或許是有點擔心剛才捉賊影響到了我的傷勢。

「好了，我們回家吧。今天這件事已經足以證明放你一個人四處亂跑太危險了。以後你出門必須有我陪同。這是你的義務，可不允許反駁。還有，記得在回去路上再買一束花給我喔。」

*

「白玲大小姐、隻影大人，兩位回來了啊♪」

我們一回到位於敬陽東部的張家大宅，就看見白玲那位擁有一頭褐髮的隨侍女官——朝霞笑容滿面地出來迎接。

她剛才似乎在打掃，手上還拿著竹掃帚。

「我們回來了。」「嗯～」

我們一邊回答，一邊走到她身邊，再把手上的紙袋交給她。

「這是在路上買的伴手禮。大家分著吃吧。今天買的是烤饅頭。」

「哇，謝謝您。」

收下烤饅頭的朝霞似乎是發自內心的高興，又笑得更燦爛了。

我輕揮左手，接著用雙手環起後腦杓。我和白玲平時總是受朝霞他們的照顧，本來就該送點小禮報答。

「朝霞，可以幫我準備兩個花瓶嗎？」

白玲抱著在市場重新買的花束，若無其事地說道。至於她瀏海上為什麼會有新的一朵花……只能說是我感覺到她藉由沉默來威脅了。

拿著竹掃帚和紙袋的女官愣在原地。我也不懂白玲為什麼這麼說，決定默默旁觀。

「準備……兩個嗎？不是只有一束——啊，遵命！包在我身上♪」

「麻煩妳了。」「？？？」

看來只有我不懂是怎麼回事。她想把花放在老爹的寢室嗎……？

白玲看著我說道：

「我流了一些汗，先去沖洗一下身子。你可不准擅自外出喔。」

張家大宅內有天然溫泉，隨時都能進去泡澡。

我的傷能好得這麼快，或許也是多虧了那座溫泉。

「好啦好啦。妳要去就趕快去。」

「…………」

銀髮姑娘似乎不太滿意我的回答，不發一語地踏上通往溫泉的走廊。那傢伙還沒把插在瀏海上的花拿下來啊。

那麼，我就回自己的寢室看看書卷──然而，朝霞捉住了我的領口。

「唔喔！」「隻影大人請往這邊走★」

回頭一望，發現女官的眼神格外嚴肅。

「老爺說想和隻影大人談些事情，正在等您……我從來沒看過老爺這麼煩惱。」

我往大宅內部走去，在老爹的寢室前敲響小小的鈴鐺。

莫名令人感到涼快的鈴聲一響，便聽見裡頭傳來一道渾厚嗓音。

「──進來。」

「打擾了。」

走進只有老舊桌子、長椅與床榻，顯得非常單調的房間內。

任誰都想不到榮帝國戰績最輝煌的將軍寢室會是這副模樣。

「你回來啦，隻影。城裡的情況怎麼樣？」

黑髮黑鬚的魁梧男子——「護國神將」張泰嵐本來坐在椅子上看著書簡，但一見到我，便開心呼喚我的名字。

十年前——我的親生父母遭到匪徒殺害時，就是他拯救我免於和父母共赴黃泉，並收我為養子。我坐到空的長椅上，翹起腳。

「城裡重建得很順利喔。畢竟敬陽可是張泰嵐的根據地啊。」

「別說些無聊的客套話。你已經十六歲了，不磨練一下口才，小心討不了女人歡心喔。」

老爹摸著自己的黑鬚笑道。

我刻意大力聳聳肩。

「……可以借一下紙筆嗎？我要寫下來給白玲看。」

「哈哈哈！還真敢說。看你還是一樣拿她沒轍，我也放心了。」

「……您就饒了我吧。」

我的確總是講不贏白玲，但也不太想承認這個事實。

看向老爹後頭的圓窗外面，發現有一群小鳥正在啄著中庭的地面。這幅景象和平得實在不像緊鄰戰地。

我依然看著外頭，若無其事地直入正題。

「聽朝霞簡單提了一下，看來是件麻煩事。」

老爹用手指按壓眼睛附近後，先是把文書放到桌上才站起身。

他走到窗邊，以絕對不會讓其他將領與士兵聽見的憂愁語氣說：

「……嗯。據說我離開臨京以後，宮裡的情況就變得很弔詭。」

「怎麼說？」

我有種……非常不好的預感。

我們在玄國上次攻打敬陽時，打倒了敵方強將「赤狼」。

打倒「四狼將」之一，理應稱做是一場「勝仗」。

——然而……

這一仗過後，『榮國』除了依舊得抵禦大河北方的強大敵軍，還得額外提防叛變的「西冬」侵擾。

就大局來看，情勢顯然較先前惡化。

「即使在戰場上吃了敗仗，我也絕不會讓我國輸掉整場仗。」

……前世偶爾會聽到英風這麼說。

老爹用非常浮誇的動作張開雙手，以諷刺口吻告訴我那件「麻煩事」的詳情。

「你聽完可別嚇著了——據說現在宮裡那些人正聚在廟堂裡認真討論怎麼攻打西冬。」

這件事實在太過不可思議，聽得我自然而然地用手扶住額頭。

……這是在開玩笑吧？

「他們難不成是瘋了嗎？如果老爹在這種情況下離開前線，玄國一定會抓住這個大好機會再次渡河而來。阿岱會冷靜觀察形勢，做決定也相當果斷。他在失去『赤狼』這個股肱之臣過後的一舉一動，應該也非常足以證明他是這樣的人……」

玄國皇帝阿岱韃靼因為宛如稚嫩姑娘的容貌與令人難以置信的戰績，使得世人出於畏懼而稱他為「白鬼」。他在得知攻打敬陽失利過後，便立刻命令大軍停止進攻，撤回北方。

他們有人數上的優勢，且軍中不乏眾多精兵悍將與智士……但仍然極力避免和返回敬陽的張泰嵐正面對決。

即使是稱不上善謀略的我，也看得出此舉的企圖。

他們打算藉由玄國與西冬的同時威脅來一步步削弱敵方戰力，最後再一口氣收拾掉張家軍。

阿岱的智謀很可能足以匹敵王英風——甚至有可能在其之上。

只是我朦朧記憶中的那個王英風或許會不計代價地救回「赤槍騎兵」。

「……不。」

老爹和我四目相交，自嘲道：

「他們似乎打算命令我和張家軍『留在敬陽避免大河北方的軍隊趁勢進攻。攻打西冬的據點會選在緊鄰西東南部國界的「安岩」』。」

「什麼?」

我連忙用雙手摀住自己不禁喊出聲的嘴。

接著調整呼吸，數次搖頭。

「不不不，他們到底在想什麼?而且要攻下西冬本來就近乎不可能……甚至打算把最熟悉敵軍的將領和軍隊排除在外?那、那攻打西冬的主力——」

「會是『禁軍』。他們大概還會再命令相對和平的地方，派一些實戰經驗豐富的將領和精兵助陣吧。」

「…………」

我睜大雙眼，訝異得啞口無言。

「禁軍」是皇帝親自掌管的中央軍隊。

老爹心懷收復大河北方故土——也就是「北伐」的宿願，過去曾數度要求禁軍支援，卻屢次遭到駁回。

而現在他們竟然要在這樣的情勢之下，派出禁軍這個壓箱寶去攻打西冬?

「……我…………我就明說吧。」

我感覺到一陣頭痛，同時坦白自己的真心話。

「這場仗輸定了。絕對不可能贏。」

眼前這位無數次守護榮帝國的稀世奇將把雙手環在胸前，用眼神催促我繼續說下去。

我抓亂自己的黑髮，講出內心想法。

「禁軍應該數十年沒有好好踏上戰場了。聽說他們連在七年前老爹阻止玄國大舉進攻那一場仗裡，也沒有親自與敵人交手多少次。即使派長年守護各地國界附近不受蠻族侵擾的將軍和麾下精兵助陣……仍然絲毫沒有勝算。我看連名震天下的『鳳翼』和『虎牙』都無力回天。畢竟那些半人馬可是一年到頭都在戰場上。而且他們竟然打算把據點設在安岩，而不是能夠透過大運河載運物資的敬陽？難道他們認為用馬搬運物資到前線是更好的主意嗎？」

「我懂你的疑慮，我之前就寫過一份書簡提醒老宰相了。」

百戰百勝的護國神將眼中滿是悲痛。

……看來是為時已晚了。

「但終究還是無法阻止他們。皇上也知道西冬與玄國結盟讓局勢和以往截然不同，提議攻打西冬的副宰相似乎也有事前稟報詳細策略。總之，皇上基本上是贊同這一次進攻。」

「……原來如此。」

「雙英」效忠的煌帝國第一代皇帝是一代英傑，且十分善於判斷戰局。

然而大多「皇帝」並不會被要求擁有此等能耐。

不只奪走大河北方領土，還招降了榮帝國長年來的盟友「西冬」的大國——「玄國」。

人在臨京的皇上想必是無法承受這股恐懼，才會贊同明顯不切實際的進攻策略。

我雙手合十，講述意見。

「……這樣不可能攻陷『西冬』的首府，物資遲早會不夠。把敵方主力引出城外再交戰，應該會比較容易穩定前線，也是比較可行的策略吧？」

「我也這麼想。虧我還特地拜託臨京的王明鈴閣下幫忙安排遠征需要的糧食……」

「原來您已經和明鈴談過了。」

真不愧是榮帝國的守護神，似乎很早就在悄悄預測今後的情勢。

改天得再寫一份書簡向明鈴道謝才行。

「——隻影。」

「是！」

一聽見老爹呼喚我的名字就自然而然地挺直背脊，從椅子上站起身。

與他四目相交，發現老爹眼中不再是平常的風平浪靜，而是驚濤駭浪。

「這是老宰相的請求。我實在……實在很不想讓你涉險……但你可以代我率領一支軍隊加入征討西冬的大軍嗎？畢竟攻打西冬需要熟知敵人的人。而且參戰的將領當中有幾人是我的老友。若他們戰死沙場——」

就連「張護國」也不忍將這件事化作言語。

倘若我們在這一仗失去禁軍和屢次在國界附近打退蠻族的將領與士兵，屆時即使是擁有多數精兵的張家軍，也會無法繼續抵禦外敵……導致榮帝國滅亡。

其實我不太在乎榮帝國會不會消失，但可不能讓我的救命恩人露出這麼沉痛的神情。而且榮帝國也是白玲的祖國。

我盡可能以輕鬆的語氣回答：

「好。反正也沒有轉圜餘地了。啊，白玲可以不用去嗎——」

「你現在還沒有冠上『張』姓吧？」

「──！」

我的青梅竹馬突然闖進房內。她換了一件以淡藍色為主的衣服。

她惡狠狠地瞪著我，隨後走到老爹面前交碰自己的雙拳。

「爹，我跟隻影一定會完成這重責大任。您大可放一百二十個心。」

那雙藍眼當中蘊藏著相當堅定的決心……這下沒轍了。

我沒有辦法讓這樣的張白玲回心轉意。

老爹摸了摸他的黑鬚。

「…………隻影。」「知道了。」

不需要等老爹說完，就能知道他話中的意思當然是「麻煩你照顧白玲了」。

白玲曾在十年前阻止張家的大人們殺死我。捨命保護我的救命恩人又算什麼呢——白玲露出微笑。

我忍不住稍稍往後退開，但她又立刻湊到我面前。

「（你竟然偷偷跟爹談這種大事……我生氣了喔？）」

「（妳、妳已經在生氣了啊！而且這次真的是很麻煩的大事！）」

「（……你真傻。就是因為是大事，我才會生氣。等等會訓你一頓，就等著挨罵吧。）」

「（好啦好啦。）」

到頭來，我還是說不過這傢伙。

晚點得拜託明鈴幫忙打聽宮中的情況了。

「……隻影？你有在聽嗎？」

「有、有啦，我有在聽！」

白玲把臉湊得更近，用似乎是在鬧彆扭的眼神看著我。我拚命避免她更加生氣。

我們這段吵鬧讓看著的老爹臉上浮現欣喜的笑容。

——門口傳來鈴鐺聲。

「進來。」「打擾了。」

朝霞一聽見老爹出聲允許進門，便立刻走進房內。

她在一次優雅的敬禮過後向老爹報告：

「老爺，有您的訪客。」

「他來啦。妳帶他到中庭，還要記得準備茶水。」

「遵命。」

訪客？今天應該不會有人來啊？

老爹語氣沉重地對我和白玲下令：

「白玲、隻影，你們也一起來。我來介紹我的盟友——人稱『鳳翼』的南軍元帥徐秀鳳。」

＊

來到中庭的一座涼亭。老爹沒坐在椅子上，而是站著等待。前來的兩位訪客分別是一名身材魁梧的男子與一名長相端正的青年，皆擁有一頭暗褐色頭髮，身穿綠色軍袍，而且皮膚黝黑。

他好像是剛才幫我們捉賊的那個人？

我瞥向身旁的白玲，聽見她小聲說著：「果然……」

正當我在回想剛才那個人的長相時，魁梧男子——人稱「鳳翼」的徐秀鳳發現了老爹，瞬間面露豪邁笑容。徐秀鳳、老爹跟別名「虎牙」的宇常虎正是榮帝國最聞名遐邇的三大將。

「喔喔！泰嵐！」「秀鳳！你來啦！」

直直走向對方的兩名魁梧男子拳碰著拳，拍了拍彼此的肩膀。

兩人在不久之後退開，隨後徐將軍便哈哈大笑，似乎是真的很高興能見到老爹。

「哈哈哈！我們幾年沒見了？你的英勇事蹟連在『南師』的我都聽說了。而且前陣子那場仗似乎也是你把那群馬人趕走的嘛。實在了得。」

「但我至今仍未實現當初說好要北伐的約定。那位是你的兒子嗎？」

「對，飛鷹。」

「啊，是！」

臉頰泛紅的青年對老爹敬禮，看起來非常緊張。

稍嫌稚嫩卻又端正的臉龐，讓他的動作顯得格外有魅力。

「我是徐秀鳳之子，名飛鷹！您就是『護國神將』張泰嵐吧，久仰大名！很榮幸能親眼見上您一面！」

看來老爹的戰功連榮帝國南部的『南師』都略有耳聞。

我不禁開心地笑出來。一旁的白玲用手肘頂我。

「……別露出奇怪的表情。」「我、我哪有！」

沒有察覺我們這段話的老爹向青年報上自己的名字。

「我是泰嵐。和你爹從小就認識。他還沒去南軍時，我們可是每晚都聚在一起喝酒呢。」

「記得你每次醉了就不停地聊你妻子的事。真教人懷念……」

徐將軍瞇起眼睛，望著翱翔天際的小鳥。

摻雜在黑髮與黑鬚之中的白髮白鬚，道盡了他在南方吃過多少苦。

老爹回過頭，用他巨大的手比著我和白玲。

「向你們介紹一下，這兩位是我引以為傲的女兒和兒子。」

兒子——……兒子啊。

他竟然願意這麼稱呼一個和他沒有血緣的孤兒。

……老爹這個人就是這樣。

感覺胸口頓時暖了起來。同時，白玲以優雅的動作向兩位訪客敬禮。

「我是張白玲。記得小時候曾在敬陽見過徐將軍和飛鷹閣下……」

「我也記得。現在變成了一個美人兒啊！飛鷹，你也這麼覺得吧？」

「啊，是！」

忽然被這麼問的青年開口附和，臉頰變得更加通紅。

看來他們兩位應該不相信「女人擁有銀髮藍眼為傾國之兆」那種陳腐的古老傳說。

白玲不改臉上的客氣笑容說道：

「謝謝兩位的誇獎。換你了。」

「啊，好。」

白玲乍看一如往常冷靜沉著，敦促我的語氣當中卻稍稍透露她的得意。

我知道妳的容貌不只是敬陽最美的，還是整個榮帝國首屈一指的啦！

我低頭問候，支支吾吾地報上自己的名字。

「我是隻影。呃……」

「我知道。你就是成功守住敬陽，還和白玲姑娘一起打倒『赤狼』的少年英雄吧？我雖然已經有點年紀，但耳朵還很靈光。畢竟南部不像都城那麼嘈雜。」

「啊……是啊……」

三大將之一的徐將軍認識白玲還不算怪事，怎麼會知道我的名字？

望向徐飛鷹，發現連他都以簡直閃閃發亮的眼神看著我。其實有點恐怖。

白玲再次用手肘頂我，並使了個眼色。

「你是救了敬陽的英雄，應該要抬頭挺胸啊。」

這、這傢伙……明知道我沒辦法反駁，還強人所難。真卑鄙，張白玲真的太卑鄙了！

徐將軍看著我們的一舉一動，露出慈祥神情。

「本來還期待犬子有緣娶白玲姑娘為妻……不過看來你現在有了一個好兒子啊，泰嵐。」

「可不會讓給你喔。先坐吧，你私下從南方千里迢迢過來我們敬陽，想必是有什麼要事吧？朝霞。」

「遵命♪」

在一旁待命的褐髮女官隨即開始準備茶水。

在一片和樂融融之中，徐飛鷹一坐到對面的椅子上，便立刻對我們深深低下頭。

「張白玲閣下！張隻影閣下！剛才在路上沒有先向兩位報上名號，還請原諒我的無禮！」

「不會，別放在心上。」「啊，嗯。」

白玲回答得毫不猶豫，而我則是被他的氣勢嚇著了。

飛鷹迅速抬起頭，緊握自己的雙手。

「說來害臊……我其實還沒上過戰場。所以絕對不會放過這次大好機會！方便請教二位過去的種種壯舉嗎？」

這傢伙看起來很有教養。

身為三大將之子卻能常保謙虛，充滿上進心。而且願意努力鍛鍊出他在市場展現的好身手，需要打仗時更是自告奮勇——甚至長相非常俊美。

換句話說，他很像我身旁這位正在沉思的美麗銀髮姑娘。若是聊起來，太陽都要下山了吧。

我輕輕聳了聳肩開口：

「白玲，交給妳了。」「隻影，你來告訴他吧。」

「「唔！」」

我們瞪著近到連瀏海都能相碰的彼此。

大概是因為十年來都住在同個屋簷下，導致我們能夠輕易猜出對方在想什麼。真是傷腦筋。

徐將軍高舉茶碗，放聲大笑。

「哈哈哈！你們感情好是好事。嗯、嗯，看來絲毫沒有犬子介入的餘地啊。」

「「～～～唔！」」

我和白玲連忙拉開彼此的距離，雙手環胸把頭撇向一旁。

「——……喔！我懂了！」徐飛鷹先是略感疑惑，並在不久後拍打雙手，用他端正的五官顯露純真無邪的笑容。這、這傢伙是不是誤會什麼了啊！

老爹和徐氏父子都用覺得很溫馨的眼神看著我們。白玲很刻意地清了清喉嚨。

「咳——爹，請你說明。」

「說得也是，秀鳳。」「嗯。」

徐將軍把茶碗放到桌上，端正坐姿。

氣氛瞬間緊張許多。

「你們應該已經聽說……我們榮帝國近日會攻打西冬。現在廟堂那邊在研擬詳細策略。而他們是以『西冬國內沒有玄國軍隊』為前提在討論。」

「……這樣啊。」「「…………」」

老爹用手扶著額頭，我跟白玲則是靜靜喝起茶。

明明茶的味道應該一如往常……今天喝起來卻格外苦澀。

在場只有徐飛鷹的眼中充滿鬥志，徐將軍開始講述我方明確的參戰人數。

「這次會派一半禁軍擔任主力——大約十萬人。西軍跟南軍也會各派兩萬五千人，總共五萬人。我會負責率領南軍，宇常虎也會負責率領西軍。」

「竟然不只把人數計算得如此精確，還要求南軍和西軍派你和常虎參戰……看來他們是……說什麼都不會放棄攻打西冬了吧？」

「是啊……皇上或許是聽信了林忠道的花言巧語才會做此決定，但這終究是皇上的旨意，我們不得抗命。」

「護國神將」與「鳳翼神將」一同訴說內心的絕望。這下真的麻煩了。

必須想辦法避免白玲去打這場仗──此時感覺到身旁傳來令人寒毛直豎的寒意。

我戰戰兢兢地轉過頭，就看見白玲銳利的眼神直盯著我看。

「（怎、怎樣？）」

「（……你剛剛是不是在想要怎麼讓我留在敬陽？）」

「（才、才沒有。）」

「（一定有。今晚我會再多唸你幾句。）」

「（也太沒天理了吧！）」

正當我在哀嘆這位小公主太過蠻橫霸道時，老爹忽然開口：

「隻影，再說一次剛剛說給我聽的想法，不用怕講出來不中聽。」

所有人的視線都集中在我身上……好、好不自在。

我先喝光碗裡的茶安定心神，才開始說明。

「……若單純看人數，或許會覺得榮帝國較有優勢。」

我腦海裡瞬間閃過敵國那位只為了拿下敬陽，便不惜營造親信「赤狼」遭貶的假象，還拉攏了「西冬」的白髮皇帝，不禁皺起眉頭。

「但阿岱是神機妙算的皇帝，想必早已知道我們打算進攻西冬。『四狼將』很可能會在西冬等我們上鉤。如果可以由老爹或徐將軍擔任總指揮，請你們將敵軍引到城外再開戰，重創敵軍主力。我認為『進軍到國界附近恫嚇敵人』應該會是最可行的辦法。」

「……原來如此。」「……好厲害。」

徐將軍開始沉思，飛鷹則是明顯激動得連聲音都顫抖起來。

心情稍微好轉的白玲替我倒了一碗茶。

徐將軍端正他的綠色軍袍笑道：

「我剛聽說張家的少爺和千金打倒『赤狼』時，還有點半信半疑——隻影閣下，既然你還沒娶妻，要不要考慮娶我女兒啊？」

「——……咦？」「不行。」「不可以！」

老爹和白玲的聲音蓋過了我呆愣的驚呼。

我的青梅竹馬甚至特地把椅子靠過來。

「秀鳳。」

「呵……我開個玩笑。她今年才七歲，可不會早早讓她出嫁。」

徐將軍微微低頭，向輕聲斥責他的老爹道歉。

由於事出突然，我和白玲都頓時僵直了身體。

畢竟在我們眼前的是一名曾經立下無數戰功——貨真價實的豪傑。

「張隻影閣下──非常感謝你的建言。我一直很想知道熟知前線實際情況和敵情的人怎麼看這一仗。不枉費我溜出南師大老遠來見你們。」

徐將軍深褐色的眼瞳直直凝視著我。

──他的眼中暗藏著我在千年前和敬陽攻防戰的戰場上見過的堅強決心。

「這一仗……我和宇常虎會擔任先鋒。聽說總指揮會是幾乎不曾指揮過軍隊的副宰相──林忠道。」

＊

「隻影閣下！非常感謝您告訴我在戰場上的故事！山桃酒也很美味。今晚就先告辭了。」

「……好，明天見。」

我目送和我穿著不同顏色睡袍的徐飛鷹離開。他浮誇的道別令我不禁露出苦笑。

十六歲的俊美青年意氣風發地走回寢室，途中好幾次回頭向我低頭致意。那傢伙連背影都格外優美呢。

只剩下我一人之後，便獨自在寢室伸展身軀。

「呼～」

我是不討厭和他說話……但真的很累，連泡澡的時候都問個沒完。

不曉得老爹和徐將軍現在是不是正在飲酒作樂？

我愣愣地看著插在花瓶裡的花時，換上淡粉色睡衣、放下長髮的白玲也理所當然似的走進我的寢室。她懷裡拿著「白星」。

「——我來了。」

「嗯？喔～」

我慵懶地回答白玲。

我和白玲一直到十三歲以後才分房睡，所以至今仍然習慣在睡前聊天。

白玲瞇眼看往桌上的異國玻璃瓶，在大力坐上床榻後逼問：

「……你跟徐家長子好像聊得滿開心的嘛。竟然還請他喝山桃酒。明明我再怎麼拜託你讓我嘗幾口，就是不肯讓我喝……」

「妳現在還不能喝酒！難道妳忘記自己之前醉成什麼樣子了嗎？還有，妳跟飛鷹算是青梅竹馬吧？怎麼用這麼見外的方式稱呼他？」

「我不太記得當時的事了，畢竟那時候還很小。說我們是『青梅竹馬』也很奇怪。」

白玲不綁頭髮時看起來更顯稚嫩。她將劍倚在邊桌旁，接著躺到床榻上。

……真受不了這位大小姐。

我從櫃子拿出一個玻璃杯，將茶壺的水倒進杯內。這時，鑽進被子裡的那位姑娘出聲呼喚我的名字。

「隻影。」

「嗯～？」

我在倒完水後回過頭。

用被子遮著嘴的白玲正用漂亮的藍眼看著我。

「你怎麼看攻打西冬這件事？」

「我中午不是說了嗎？再來就和妳的想法差不多喔。」

「……唔～」

白玲坐起身，像孩子一樣鼓著臉頰表達不滿。

她用雙手接過我遞出的玻璃杯，開始低聲抱怨。

「你老是這樣……馬上就把話題扯開，敷衍了事。偶爾也該好好回答別人的問題吧。即使我這麼寬宏大量，也是有限度的喔。」

「寬宏大量……？我認識的張雪姬可不是這種人——等等！不要丟枕頭！會打翻酒瓶啊！」

「……哼！」

我趕緊叫這位乳名「雪姬」的姑娘放下已經拿在一隻手上的枕頭。

接著坐到附近椅子上，翹腳深深嘆一口氣。

「唉……妳這個小公主脾氣就是這樣。」

「還不都是你害的。所以你怎麼看這場仗？」

……我或許該多喝點酒才對。

沒有喝醉就來想這件事情，實在是有點殘酷的現實。

「嗯──……這場仗應該沒有臨京那群只顧爭權爭得水深火熱的官員想像的那麼輕鬆吧。」

根據徐將軍的說法，這次進攻是副宰相林忠道的主意。

依先前明鈴描述宮中各個官員的地位高低來看，他大概是想取代老宰相這個政敵，成為新的宰相吧。

……太可惡了。

我晃動玻璃杯，杯裡的水隨之擺盪。

「妳應該也有看到四牙象外型的投石器吧？我們這次要攻打的，就是造出那種兵器的國家。太過大意一定會慘遭反咬。」

「赤狼」從西冬帶來的投石器對敬陽造成了非常嚴重的損傷。

假如戰場上出現一大批那麼危險的東西……

「是啊，而且『玄國』軍隊勢必會加入戰局。」

「竟然說什麼『趁玄國軍隊不在進攻』——他們已經成功穿越了七曲山脈兩次，除非他們夠傻，否則絕對會預先埋伏。」

中午徐將軍說這場仗的策略是以「西冬國內沒有任何玄國軍隊」為前提。愚蠢至極。都懷疑副宰相搞不好是那些傢伙的「老鼠」了。

我喝完水，把空碗放在邊桌上。

「就我所知，徐將軍這輩子是戰無不勝的勇將。不過……如果真能夠壓下在宮中囂張跋扈的副宰相提出的主意，老爹就不會這麼辛苦了。雖然本來就不該被敵人嚇得魂不守舍，但太過輕敵反而更危險——所以，妳就留在敬陽守城吧。」

「你又來了。我已經命令庭破編隊，爹和禮嚴也允許我上陣。」

「什麼？」

我愣得張大嘴巴。

她、她是什麼時候……而且竟然連人在「白鳳城」的老大爺都問過了！

白玲走下床，把「白星」抱在懷裡說道：

「我在戰場上會努力保護你。所以——你也要保護好我喔。」

灑落房內的月光與星光，照亮了那全世界最美麗的銀髮與藍眼。

看白玲露出這麼幸福的神情，我也不忍心責備。

便用手撐著臉頰搖搖頭說：

「……真搞不懂你們這些人怎麼這麼愛往恐怖的戰場跑。妳跟飛鷹都是這樣，真奇怪。你們應該向愛好和平，而且只想當個小城文官的我看齊啊。」

「只是，我還得在正式上陣之前解決一個問題。」

「喂～聽我說話啦～」

白玲不理會我的勸告，以嚴肅語氣說道。

她的態度與剛才截然不同，眼神游移地抱緊懷裡的「白星」。

「隻影……其實……我…………」

「嗯？怎麼了？？」

我起身走到青梅竹馬身邊，看著她的臉。很難得看到她如此猶豫。

耐心等候她繼續說下去。不久，她便像是終於下定決心似的開口：

「其實——……我拔不出這把劍。」

「……什麼？」

我無法理解她這番話的意思，倍感疑惑。

隨後，白玲便挺直身子湊過來。

「我、我說！試、試了好幾次，都拔不出你交給我的這把『白星』！先、先前就打算找你商量這件事，可是……又一直說不出口。」

「妳在說什麼？怎麼可能拔不出來。等我一下。」

我拿起「黑星」——緩緩將它拔出鞘。

漆黑的劍身將月光與星光化作色彩奇特的光芒，反射在天花板與牆上。

煌帝國的第一代皇帝飛曉明很喜歡欣賞這把劍。

我將劍收回鞘內對白玲說：

「拔得出來啊。而且打倒阮古頤那時候，妳不是也拔得出來嗎？怎麼現在又不行了？」

「我、我怎麼知道！你受傷以後，我曾經好幾次在寢室裡嘗試把它拔出來，可是它就像上了鎖似的動也不動……不、不過！我、我不會把它還給你的！它已經是我的了！」

白玲縮起身體緊緊抱著「白星」，彷彿深怕我會拿走那把劍。

……她真是無時無刻都不忘冷靜思考。

我伸出手輕拍這位姑娘的頭。

「才不會逼妳還我。總之現在再試一次看看吧。要是不能拿來當武器，妳還得再挑其他武器來用。借我試試。」

「……這……是沒錯……但我說什麼都不想用其他武器……」

白玲以幾乎快要哭出來的表情將劍遞給我。

「黑星」與「白星」——這對雙劍合稱為「雙星天劍」。

過去身為「皇英峰」的記憶逐漸甦醒過來。我想起來了。

我拿起燈火，對白玲閉起一隻眼睛。

「妳跟我過來一下。」

「咦？隻影？？」

我將雙劍佩在腰間走往中庭，白玲也跟在身後。

把燈火掛到柱子上之後，我便揮手要她退開一點。

閉上眼睛，輕吐一口氣——

「唔！」

揮舞被我一次拔出的兩把「天劍」。

周遭閃過漆黑與純白閃光，時而相互遠離，時而交錯。

好懷念……好懷念的感覺。過去的「皇英峰」論劍舞也是無人能敵。

我將雙劍收入鞘中，把「白星」拋給白玲。

「拿去，接下來換妳了。畢竟它現在是妳的劍。」

「…………唔～」

用雙手接住劍的姑娘聽起來很高興，卻也很不甘心。

我對來到身旁的她點了點頭。

白玲握住劍柄——

「——……咦？」

她很緊張地嘗試拔劍，順利拔出了閃過耀眼光輝的「白星」。

似乎一樣待在庭院的黑貓嚇得高聲抗議，飛奔而逃。

我從愣在原地的白玲手上拿走劍，收進鞘內。

「妳成功拔出來了嘛～真是太好了，這下就解決一個隱憂了。」

「我、我之前真的拔不出來！說真的，沒騙你！我絕對不會對你說謊！」

穿著睡袍的白玲撲到我胸前拚命辯解。

白玲的睡袍很薄，我能清楚感覺到她的體溫。這樣很容易讓我心慌意亂。

「好啦、好啦。反正現在妳拔得出來就好！不是嗎？」

「……也對……該不會是因為隻影在旁邊吧……？」

臉頰微微泛紅的白玲喃喃自語，身體搖擺不定，不久又開始扭動身軀。

「白、白玲姑娘？」

「呀！……怎麼樣？」

看起來心不在焉的她整個人跳了起來，隨後便撥弄起頭髮，把臉撇向一旁。

而且耳朵紅通通的。她怎麼了？

我在感到疑惑的同時，輕輕揮了揮左手。

「沒事……妳也差不多該回自己寢室睡覺了吧。不是說明天開始要恢復晨間訓練嗎？」

「——……說得……也是。」

恢復平時冷靜模樣的白玲同意了我的看法。

她在往前走了幾步後將雙手繞在身後，轉身對我露出美麗的微笑。

「那麼，我先走了。你可別睡過頭喔？」

「我會努力不睡過頭。晚安，白玲。」

「晚安，隻影。」

「那麼，泰嵐，雖然我其實還捨不得離開——」
「嗯。秀鳳，再會了。」

＊

老爹和徐將軍在大宅正門口和彼此熱情握手道別。
在敬陽待上五天的徐將軍必須返回他的根據地「南師」。
——回去做好打仗的準備。
將軍率先順著大街的路離開後，徐飛鷹也動作俐落地朝我們敬禮。
他身上的外衣、綠色軍袍與佩在腰上的劍，都和他相配得不禁令人懷疑老天是在捉弄人。
「張將軍！隻影閣下！白玲閣下！真的很感謝各位！我本來對自己的武藝頗有自信……但深深感受到自己仍不夠成熟。我定會謹記各位的英勇，磨練自身能耐，才不會令『徐家』蒙羞！」
「拜託你替我看好秀鳳了。」「呃……嗯。」「請加油。」
老爹和白玲語氣肯定地回答這位俊美青年，而我則是難掩困惑。很佩服他這番話中毫無任何邪念。

飛鷹走向我，雙眼炯炯有神地對我小聲說：

「（如果隻影閣下確定要和白玲姑娘結婚了，還請先通知一聲。我一定會幫兩位準備我們南方最好喝的酒！）」

「（唔！你、你啊……）」

「那麼！還請保重！」

飛鷹在留下一道充滿稚氣的笑容過後，便前去追趕徐將軍……意外地對我很熱情呢。

我在回大宅內的路上坦白說道：

「雖然他有點熱情過頭，還誤會了一些事……但也的確是個正經又正直的好人。挺希望他不要對我們這麼拘謹的。」

「是啊……不過，他最後對你說了什麼？」

白玲在同意我的看法後瞇細雙眼。我的雙眼不禁游移起來。

從幾星期前就天天待在大宅裡的黑貓走來我的腳邊，纏著我的腳。

「……沒、沒什麼喔～」

「你騙人。剛剛把想說的話又吞回去了吧？快從實招來。我猜大概不是什麼正經話吧。」

我說不出口。雖然也不知道是為什麼，就是說不出口。

於是抱起腳邊的貓，把玩牠的前腳。

「是、是妳誤會了喵～是白玲大小姐想太多了喵～」

「…………隻影？」

「噫！」

她的怒火讓我立刻重新把貓抱好。黑貓大概是覺得這樣很舒服，喉嚨不斷咕嚕作響。

待在我們身後的褐髮女官雙手合十，顯得由衷感到高興。

「呵呵呵♪白玲大小姐，我猜徐飛鷹大人應該——」

「朝、朝霞！」「…………」

我連忙打斷朝霞的話，反倒使得銀髮姑娘默默往我走近一步。

只有懷裡的貓一副悠閒模樣。

「白玲、隻影。」

老爹嚴肅地呼喚我們的名字。我把貓遞給朝霞，挺直背脊。

褐髮女官立刻走向外頭，似乎是門口有其他訪客。

「我昨晚趁最後一次機會和秀鳳討論了各種策略……但還是沒能想出足以克服難關的計策。根據昨晚老宰相寄來的書簡，宮中那些人只會用其他河川和陸路載貨去前線，不會經過大運河，也只會將敬陽視為『輔佐』。他們對外的解釋是『派太多船會被敵軍發現我們的目的』和『這樣會造成最前線的士兵們過多負擔』……我看實際上是反對北伐那一派想儘量避免我參戰吧。」

「唔！」「真是難以置信……」

這次進攻本來就不太可能成功，竟然還有空打壓看不順眼的人，更不可能有勝算。

即使「連老天爺都無法得知戰場上會發生什麼事」，也非常確定這場仗鐵定贏不了。

而且他們居然想不藉由大運河構築後勤路線？

臨京那些官員大概是真的不懂「船」跟「馬」能載的量有多大差別。

還是他們打算到了「西冬」再行搶？那可是榮帝國過去數十年來的盟友啊。

……看來這會是場殘酷的仗。

老爹和白玲似乎也和我有一樣的想法，表情相當凝重。

「護國神將」張泰嵐大力揮了揮手，像是想打散某種東西。

「幸好我還沒正式收到來自宮中的命令。我們還是趕緊完成編隊，儲備物資吧。」

「「是！」」

「雖然這些工作很吃力，還是得麻煩你們了。」

如此說道的老爹走回大宅內……他的背影看起來稍顯失落。

白玲也有些不安地拉起我的左袖。

——無法得知這場仗會面對什麼樣的敵人。我方只有人數占優勢，然而後勤堪憂。

而且我不像老爹和徐將軍那麼厲害，沒有隨心所欲指揮萬人大軍的能耐。

同樣的，雖然身旁這位姑娘未來大有可為，卻也終究是「未來」的事情。
如果張家有能夠一眼看透大局的人才……有「軍師」在，或許還能找出活路。
「隻影大人。」
剛才前去迎接客人的朝霞回到我們身邊。她左手抱著黑貓，右手拿著一份書簡。
……感覺不會是什麼好事。
但這位褐髮女官卻是笑嘻嘻地把書簡遞過來。
「是臨京的王明鈴姑娘寄來的。」
「這、這樣啊，謝、謝謝妳。」「…………」
從身旁傳來的寒意害得我講起話來都忍不住顫抖。白玲和明鈴可說是水火不容。
我接過書簡並迅速看完。
——……什麼？
「隻影，怎麼了嗎？」「隻影大人？」
白玲和朝霞見我表情一變，如此開口問道。
我細心摺起書簡，簡單回答：
「明鈴說她會帶著靜姑娘過來敬陽。對外會宣稱是視察守城用的物資是否有正常搬入，實際上是想給我看個東西。上頭還寫到一個機密——廟堂那邊已成定局，皇上也下令攻打西冬，沒有

任何辦法可以阻止了。」

「…………」「……聽起來很嚴重呢。」

白玲緊緊捉住我的左袖，連平時總是很樂觀的朝霞都一臉凝重。

……這件事的確很嚴重。

不知道敵國那位可怕的「白鬼」皇帝阿岱韃靼得知這則消息之後，會採取什麼行動。

仰望天空，看見一隻巨大白鷺朝北方飛去。

＊

「叩見偉大的『天狼』之子，阿岱皇上！屬下能親眼見上您一面，實屬光榮。我『灰狼』叟祿博忒——已奉旨殲滅北方蠻族，特此稟報皇上！！！！」

玄帝國首府「燕京」。

燕京是不亞於臨京的大城。一道精神飽滿的嗓音迴盪在其北方皇宮最深處的一座小型私人庭院。受到驚嚇的小鳥們急忙飛向他方。

我——玄國皇帝阿岱韃靼，對年僅二十四便足以勝任「四狼」之一的青年武將說道：

「叟祿，不需要這麼拘謹。這裡只有我和你們。很高興看見你平安歸來。先坐下吧。」

「是！」

一頭灰髮、身材瘦長，五官標緻得想必世上的女人都為他著迷的叟祿，動作俐落地坐上我眼前那張椅子。他的灰底軍裝隨之作響。

他的長相和擁有一頭白髮、身材纖細，且容貌彷彿一名姑娘的我恰恰相反。

暗自如此調侃的同時，也命令叟祿身後那位揹著懾人巨劍，眼神銳利的魁梧黑髮男子——也就是玄國最強勇士「黑刃」義先一同坐下。

然而他只以目光答謝我的好意，堅持不就坐。

看來他是不惜違背皇上的旨意，也絕對不會放下擔任已逝長官之子叟祿博忒的副將兼乾爹的「護衛」職責。

我對這位受我允許佩劍進入皇宮，且左臉頰上有深深刀傷的固執勇士感到敬佩，同時再次看向眼前這位青年武將。

「你應該聽說阮古頤的死訊了吧？」

一提起他的名字，就感覺胸口微微刺痛。

因戰敗逝世的「赤狼」阮古頤是真正的忠臣。我國能夠在短時間內成功拉攏「西冬」，都得歸功於他。

叟祿語氣沉重地說道：

「……聽說了。臣至今仍難以置信。從來不認為他會在戰場上吞敗。」

「我也這麼想。或許是他的忠義害了他……失去這樣的人才實在令人惋惜。」

阮古頤雖然是因為他的武藝而聲名大噪，卻也擁有判斷局勢的能耐。

──「不需太過拘泥於敬陽，應當從大河沿岸敵軍背後展開突襲。」

我不認為他會誤會我的命令。

──又或者是他遇見了不惜違背命令，也應該優先斬除的後患。

青年武將以敬畏的語氣細聲說道：

「敢問他是敗在張泰嵐手下嗎……？」

「不是。」

我搖搖頭，轉達不為人知的密探組織「千狐」捎來的消息。

「據說他是死於張泰嵐的女兒和兒子──張白玲和張隻影手下。兩人皆年僅十六。」

叟祿訝異得睜大雙眼，他身後的壯年男子則是微微瞇起眼睛。

他們想必難以置信。我當初也無法相信他竟會敗給張泰嵐的兒女。

將阮古頤視為親哥哥景仰的青年武將從椅子上起身，隨後單膝跪地，拳碰著拳。後頭的義先也立刻效仿。

「皇上！請您命臣攻打敬陽！臣定會讓殺死阮古頤的兩位強敵喪命於臣的大劍之下！」

「叟祿，我很欣賞你總是能夠如此直率——不過……」

我想起今晨收到的密報，揚起嘴角。

「南方的『老鼠』傳來一則消息。他們似乎正式決定攻打西冬了。」

「什麼！那麼，張泰嵐也會……」

想起七年前那位在戰場上叱吒風雲，猶如鬼神的敵軍將領。

榮帝國只有那個男人和張家軍足以威脅我國。

我們不需要和他們正面交戰。等「老虎」疲憊不堪再動手奪命就好。

我站起身，伸直自己纖細得有如女子的手。

「他會留在敬陽。畢竟這就是我刻意『安排』的。代替他上陣的會是『鳳翼』和『虎牙』兩位將軍和他們麾下的士兵，以及——」

小鳥在陽光中飛梭，最終停在我的手上。

面露感動的叟祿直直凝視著我。

「雖然人數眾多，卻大多是不曾打過仗的一群『羔羊』，根本不成威脅。但如果是由張泰嵐這隻『猛虎』來率領他們，仍然會變得相當棘手。我們就藉這次良機除去榮帝國為數不多的精銳將領吧。」

啊……張泰嵐啊、張泰嵐。

你的確實力過人。儘管不及皇英峰，卻也過於強大，可謂英傑。

然而人愚蠢得不只會懼怕強大的敵人，甚至會對強大的自己人感到畏懼。

你打愈多場勝仗，我放進南方偽帝宮中的「毒」就愈是能夠成為劇毒。

待不像皇英峰那樣擁有「天劍」的你無路可走……你會怎麼辦呢？

我閉上雙眼，轉頭面向跪下的青年武將。

「『灰狼』叟祿博式。」

「是！」

必須一統天下。

因為這正是——投胎轉世至千年後的我背負的天命。

「我命你率『灰槍騎兵』趕赴『西冬』，遵從『千算』軍師赫杵的指揮以殲滅意圖大膽侵犯我國盟友的賊人！阮古頤歷經千辛萬苦替我們開拓通往西冬的路。如今有了他留下的這條路，大森林與七曲山脈早已不成阻礙。」

「遵旨！！！！臣發誓會帶回捷報！！！！」

叟祿臉頰發紅，拍了拍穿著新型胸甲的胸脯。

阮古頤的屬下曾經告知西冬的金屬甲冑雖然堅韌，卻會大幅降低移動速度。所以我才會命令他們先替每一位將領量身訂製新型甲冑。那些甲冑想必能夠有效抵擋一般武器的攻擊。

——反正能夠斬斷萬物的「天劍」至今下落不明。

忽然想起張泰嵐那對據說殺死了阮古頤的兒女。這樣正好。

我讓小鳥回到天上，開口訓誡。

「你有這份鬥志是好事。但千萬別大意。畢竟『連老天爺都無法得知戰場上會發生什麼事』——你務必要將煌帝國大將軍皇英峰說過的這番話謹記在心。我不希望「四狼將」在我一統天下之前再少任何一人。還有——義先，假如張家軍參戰，張泰嵐的兒女說不定也會現身。屆時你就仔細看清他們的能耐，殺了他們。不及早除去猛虎之子，必成後患。」

第二章

「隻影大人！已經可以準備發射了！」

身穿甲冑的庭破這聲大喊，響徹了敬陽西方的廣大草原。

前方放著四牙象外型的投石器，還有數十名士兵正在待命。

聽聞宮中策劃攻打西冬這般令人鬱悶的消息後數日。

目前總算修好一台在上一場仗帶回來的西冬投石器，今天正準備試射。

另外，很難得白玲並不在場。

老爹最近會在最前線待一陣子，所以白玲得留在大宅裡迎接來自臨京的客人——也就是王明鈴。她們應該不會吵起來吧？

我摸著黑馬「絕影」的脖子，要牠安分下來，同時告訴庭破：

「知道了。謝謝你們。」

再接著出言慰勞其他士兵，他們便接連回答：

「不用客氣。」「反正我們也很在意這玩意兒。」「畢竟是少爺的請託嘛。」「先不說這個……」「白玲大人怎麼了呢？」「兩位吵架了嗎？」「您還是早點道歉比較好喔。」真受不了他們。

「別說傻話了……我們又不是一年到頭都形影不離。庭破，快開始試射吧！」

「遵命！」

青年士官拿起大槌，其他士兵們則是帶著馬退往安全的地方。

投石器的發射台上裝著一樣從戰場上撿回來的金屬球。

那些玄國人似乎會在發射前在球上點火，但我們不能燒毀這片草原。光是可以先知道它的射程和威力，應該也對今後的戰事有益。

我對顯得很緊張的庭破大聲發號施令。

「發射！」

下一刻——青年士官便用大槌敲打支撐發射台的木頭。

隨後，四牙象鼻子外型的發射台上半部轉了半圈。

金屬球順著拋物線墜落——

「唔！」

它輕而易舉地飛越前方小山丘，發出震耳欲聾的墜地聲響，揚起煙塵。

庭破與士兵們發出驚呼，馬兒們也激動嘶鳴。

它超乎想像的威力令我不禁皺起眉頭。

「雖然看敬陽被炸得面目全非，就知道它威力不凡……我要去那附近看看。庭破和其他想過去看的傢伙跟我來！留在這裡的幫忙準備第二發。」

如此說道的我跨上絲毫不驚慌的愛馬，向大家下令。

庭破被西冬兵器嚇得目瞪口呆，在回過神來之後朝著我大喊：

「隻、隻影大人！請、請您先等等！」

我駕著愛馬疾馳而去，沒有理會留在原地的庭破。迎面而來的風吹撫我的黑髮，相當舒爽。

逐漸接近小山丘時，身後傳來馬蹄聲。

「嗯？」

回頭一看，發現緊跟在身後的是一位披著一件外衣、戴著藍色帽子的姑娘。

——她長長的金髮上繫著藍色髮繩，和翠綠色的右眼。絕對不會看錯。

是我先前在敬陽的小巷子裡遇見的「瑠璃」。

「哦……」

我早就覺得她不是泛泛之輩，馬術竟然比庭破和其他馬術出眾的士兵厲害，實在了得。

在如此感嘆的同時跨越了小山丘，便停下馬，等待其他人到來。

出言稱讚繼我之後最先抵達的金髮姑娘。

「妳真厲害。不過妳怎麼會在這裡？」

「我——……屬下聽說敬陽在徵義勇兵，就來擔任工兵了。」

她以顯然說不太習慣的尊敬語氣回答。

張家在長期戰爭之下，兵力日趨減少，因此總是在徵兵。

榮帝國不久後就得攻打西冬，會挑中擁有優秀馬術和工兵技術的她非常合理，但我仍然覺得她出現在這裡很奇怪。

……這傢伙不是討厭戰爭嗎？

正準備向她提問時，看見庭破氣喘吁吁地來到附近。

「呼、呼、呼……隻影大人！請、請不要突然駕馬離開。要是您有個萬一，要我怎麼向張將軍和白玲大人交代呢！」

駕馬走來的青年武將激動說道。這副模樣跟老大爺對我碎唸的時候一模一樣。

金髮姑娘不理會我們，直接駕馬前往金屬球落地的位置。這下錯失問她理由的好機會了。

「抱歉、抱歉，別這麼生氣嘛。總之——來討論正事吧。」

我對庭破道歉，接著從愛馬上看向金屬球落地的位置。

士兵們也一同看向該處。金屬球把地面砸出了能夠讓一個成年男子輕鬆走進去的大洞。

庭破由衷道出心中的恐懼。

「太可怕了……」「是啊。」

要是敵軍在戰場上大量布置這種兵器……

金髮姑娘對前往大洞旁的士兵搭話，用繩子測量洞有多深。我一邊看著此景，一邊低聲詢問青年武將：

「俘虜說這是用來攻城的武器，但我猜西冬人應該也會拿來當作守城兵器。光是他們的金屬鎧甲就夠棘手了……庭破，你有收到什麼跟敵軍有關的詳細情報嗎？」

前方的士兵們正有說有笑地處理他們的工作。

……我不能讓他們死在他鄉。庭破面色凝重。

「自上一場仗過後，就幾乎沒有任何新消息。可能是派去的密探全軍覆沒了。只能仰賴張將軍打聽到的機密情報……另外前幾天在市場逮到的兩名男子就如您所說，是從西冬逃來的。」

我需要情報……而且得是正確的情報。

光是這場仗很可能不會有好結果就夠折騰人了，現在連敵軍的情報都打聽不到，簡直是雪上加霜。

但老爹說不定有掌握到一些新情報——

「西冬不只是首府『蘭陽』，連其他城鎮都開始布置兵器了……還請原諒屬下插嘴。」

走回來我們這裡的瑠璃忽然加入談話。她手上拿著筆和卷軸。

我將馬首轉向她，對她閉起一隻眼睛。

「妳不需要對我這麼畢恭畢敬。但是對白玲就要再問過她了。妳剛才說的是真的嗎？」

「……我不會說謊。這種投石器在西冬很常見，只是數量和大小有些差異。」

金髮姑娘困惑地眨了眨眼，收起手上的筆。

她的眼神當中充滿自信，看來的確沒有說謊。

庭破以稍嫌生硬的語氣問道：

「妳怎麼會知道這種事情？記得妳叫……瑠璃，對嗎？」

「我是在『西冬』長大的。還有，我有『觀察』周遭的習慣……不行嗎？」

「「…………」」

我跟庭破不禁面面相覷。

沒想到熟知敵軍珍貴「情報」的寶貴人才就近在眼前！

尤其她的「觀察力」——明顯異於常人。

一般人不可能會注意兵器的數量和大小。

記得王英風也有這種習慣。

想起摯友的非凡才藝，高興地對金髮姑娘說：

「謝謝妳提供這麼寶貴的情報。還有——抱歉，可以再問妳一個問題嗎？啊，妳憑直覺回答就好。」

「……什麼問題？」

金髮姑娘把卷軸放進掛在馬鞍上的皮袋，瞇起沒有被頭髮遮住，且開始產生戒心的右眼。

我不理會她的態度，直指金屬球落地的位置。

「妳認為這東西有可能在城外戰使用嗎？」

「…………」

金髮姑娘用手壓住被風吹起的瀏海。

她凝視著我的雙眼——低聲說出自己的看法。

她的眼裡蘊藏著足以匹敵……甚至超越王明鈴和張白玲的智慧。

「我無法否定。史書上很少提及那樣的用法……卻也不是完全沒有。像古代業國那位曾與『雙星』交手的『餓狼』就是有名的例子。若人數夠多，也有可能搬到郊外，更何況玄國軍隊先前就成功把這些兵器帶來敬陽了。有誰能夠保證有一就沒有二呢？」

我暗自感到驚訝萬分。經她這麼一說，我才想起來。

那位足智多謀，讓前世的我和王英風傷透腦筋的「餓狼」的確曾在郊外使用投石器，致使我方軍隊陷入混亂。

……竟然連這麼久以前的往事都知道，她究竟是何方神聖？

我對這位神祕姑娘感到些許恐懼，輕輕低頭向她道謝。

「原來如此……謝謝，妳的見解非常有幫助。改天想再多請教一些與西冬有關的事。而且妳的馬術真的很出色。我想帶妳去見見白玲，願意來張家大宅一趟嗎？」

「——……屬下要去幫忙裝第二發，先失陪了。」

金髮姑娘明顯是刻意語帶恭敬，很快就騎著馬回去投石器所在的地方了。我看向庭破。

青年武將從懷裡拿出用來記下姓名和簡單描述的簿子，開始翻閱。

耳邊傳來逐漸遠去的細微馬蹄聲。

「她是剛來不久的義勇兵。現年十五歲，除了馬術以外，弓術也相當出眾……真沒想到她是這麼有見解的人。您是不是對她有些好奇？」

「有一點。你把她編去白玲麾下。」

「遵命！」

「還有……」

我在承認確實對她有點好奇以後，將裝著銀幣的小皮袋塞給庭破。

並拍了拍眼前這位被嚇了一跳的正直男子。

「今天辛苦你了。我再不回去可能會惹獨自接待訪客的白玲生氣。你再試射幾次就撤一撤，回去招待大家一頓大餐跟美酒吧。不過——可別忘記犒賞自己。可以等明天再回報詳情。」

「是！非常感謝您！」

庭破表露顯而易見的感動，以非常端正的動作向我敬禮。

他隨後便率兵返回投石器的位置。現在的他和幾個月前簡直判若兩人。

「哎呀哎呀，隻影大人♪看來您也成長了呢。」

褐髮女官——朝霞正好在庭破離開後駕馬前來。騎在馬上的她笑容滿面地出言稱讚。

我用右手食指抵住嘴唇。

「妳別告訴白玲喔，不然以後可能連錢包都得歸她管了。所以，妳找我有事嗎？？難得看妳會來這種地方——……庭、庭破～我、我還是跟你一起回去吧～」

腦海裡閃過張白玲和王明鈴大吵一架的危險情景，連忙試圖叫住才剛離開的青年武將。

「呵呵呵～隻影大人，不會讓您逃掉的喔。」

朝霞輕快地駕馬來到我身旁，扣住我右手的關節。

侍奉張家的每一個人都多少習過武。

更何況朝霞是白玲的隨侍女官……我拚命嘗試掙脫，卻是完全無法動彈。

「放、放開我！快放開，朝霞！求求妳！我還有說服神祕金髮姑娘協助，跟和士兵們培養感情的重要任務在身啊——」

「臨京的王明鈴姑娘和隨從靜姑娘在不久前抵達大宅。白玲大小姐和明鈴大小姐託我將這個轉交給您。」

褐髮女官以恭敬的態度遞出一張紙片。

我心不甘情不願地接過紙片，看向上頭寫的字。

「快給我回來。」「心愛的丈夫！我來找你了！」

……呃。

我能夠清楚想像白玲燃起沉靜怒火，以及明鈴反而是欣喜若狂的模樣，覺得頭痛不已。

朝霞雙手合十，要我儘早回去面對。

「隻影大人，人總是得面對一些不得不面對的事情。請您動作快★」

「…………好。」

我垂下肩膀，有氣無力地答應她。

愛馬發出彷彿在安慰我的嘶鳴。

*

「為什麼～！妳怎麼可以拿著那把劍！那是我特地找出來的耶！快點還給隻影大人！」

「恕我拒絕，這把劍是隻影親自託付給我的。」

「「唔！」」

一來到張家大宅的中庭，就看見兩位貌美姑娘在圓桌前爭執不休，惡狠狠地瞪著彼此。

其中一人戴著帽子，帽子底下的栗褐色長髮綁成兩條小馬尾，身上則穿著橘底的衣服。身高比面前那位姑娘矮，卻擁有傲人雙峰。

另一人擁有一頭繫著紅色髮繩的銀髮，以及一雙藍眼。身穿禮袍的她腰上掛著「白星」，眼神冰冷得彷彿下起暴風雪。

會覺得她們身後有凶猛的龍與虎，是幻覺嗎？

而這兩位姑娘——當然就是王明鈴和張白玲。

「…………」

這我應付不來。嗯，絕對應付不來。

我立刻選擇撤退，準備走回大宅內。

不遠離那兩位麒麟兒，必定會遭殃。天底下有哪個傻瓜會主動去打一場沒有勝算的仗呢？反正我剛從寢室拿來要送給明鈴的禮物，晚點再拿給她也無妨。

「隻影大人，之後就麻煩您了。」

擁有一頭長長黑髮，身穿黑白相間衣服的女子——也就是明鈴的隨從靜姑娘擋住我的去路。朝霞正摀著難掩笑意的嘴。可惡！

我小聲懇求靜姑娘，避免被白玲她們聽見。

「靜、靜姑娘，如果我現在過去……真、真的會沒命啊！」

「您不需要擔心。」「我們先去端茶回來，您快過去吧～」

「唔唔唔……」

完全敵不過她們的催促，只好垂頭喪氣地走進中庭。

每前進一步，身體就忍不住顫抖。唉！為什麼我得受這種苦！

兩位正在互瞪的姑娘大概是聽見了我的腳步聲。

她們同時轉過端正的臉龐看著我。

「「…………」」

「啊……我、我回來了。」

我在氣勢懾人的兩人面前舉起左手。

銀髮姑娘立刻走到我身後，探頭提出要求。

「隻影，你也來說說這個講不聽的女人。告訴她『「白星」是張隻影親手交給張白玲的』。來，快點說！」

「妳、妳先冷靜點。就算現在不會有人靠近這裡，妳的聲音還是大得會讓整個大宅的人都聽見啊。」

「唔～」

白玲聽起來很不滿，還噘起了嘴唇。

也或許是因為她真的非常不開心，幾乎已經不顧「張家大小姐」的形象了。

我用雙手攔著激動的白玲時，忽然有道嚴肅的聲音呼喚我的名字。

「隻影先生。」

「「嗯？」」

一回過頭，就看見明鈴雙手合十，深深低下頭。

非比尋常的緊張氣氛令我跟白玲都挺直了背脊。

「我已經聽聞你在先前那場仗的英勇事蹟了。請容我由衷為你成功打倒玄國猛將『赤狼』一事送上遲來的祝賀——……不過，最令人開心的——」

眼前這位姑娘緩緩抬起頭。

她眼眶泛著淚光，看得出滿滿的擔心。

「還是你能夠平安歸來……你的傷好得差不多了吧？你應該不是希望旁人放心，才假裝傷勢已經痊癒吧？？」

「呃，對。妳看，我的手已經沒事了。看來好像害妳操心了……抱歉。雖然之前在信上已經提過，但我還是要再次感謝妳幫忙載老爹他們回來敬陽。謝謝妳。」

我有些心驚膽跳地揮了揮左手，老實向她道歉和道謝。

要不是這位比我大一歲的姑娘用不會受風向影響的外輪船，載老爹和張家軍精銳回來敬陽，說不定敬陽早已不保……

明鈴面露柔和微笑。

「不會，我也很高興能幫上你的忙。啊——對了，想告知一些事情，也想和你談談。請先過來一下。」

「嗯？怎麼了？？」「…………」

我狐疑地靠近這位比我大一歲的姑娘。先暫時不管正用凶狠眼神瞪過來的白玲。

我和明鈴的身高差距甚大，便稍稍蹲低——

「欸嘿嘿～♪隻影先生～☆」

明鈴迅速伸手抱住我。

這讓她的帽子隨之彈起，飛上高空。

「唔喔！」「你太天真了！」

白玲擋在沒有多加提防的我面前，一手把明鈴扛在腰際。

接著以非常流暢的動作將她丟向長椅。

「唔咕。」

明鈴的臉和她嬌小的身體就這麼撞上柔軟的大枕頭，還發出奇怪的叫聲。

白玲瞇細雙眼，冷冷斥責我。

「你要有點戒心！」

……我認為這不是有辦法主動避免的。

我抓了抓自己的臉頰。這時明鈴迅速抬起頭，很不甘心地揮舞著手腳抱怨。

「可惡……我還以為一定能夠偷襲成功耶～！那邊那個想獨占隻影先生又故作鎮定的張家千金！不要妨礙我好不好！妳已經獨占他這～麼久了，讓我抱一下有什麼關係！！！！又不會少塊肉～」

剛才那個看起來聰明伶俐的王明鈴去哪裡了……？

我有點傻眼地看著明鈴時，白玲將雙手環在胸前說：

「妳對我的誤會可大了。我當然還是不會允許妳抱他。」

「唔唔～！」

明鈴抱住枕頭，表情明顯是在鬧彆扭。

……這種時候的她，看起來實在不像比我年長。我苦笑著對白玲閉起一隻眼睛。

我的青梅竹馬很快就了解意思，但仍然沒有藏起她的不滿。

「……總之……」

「？」

我接住掉下來的帽子，替明鈴戴回她的頭上。

看著她圓滾滾的雙眼笑道：

「歡迎妳來。看來這次沒有在路上遇到水賊呢。」

「——……是啊♪」

明鈴雙手摀著微微泛紅的雙頰，露出開心笑容。

白玲見狀便明顯刻意撥起她的銀髮，對我說：

「我得先暫時離開……有個東西想給王明鈴姑娘看。你們可別趁我不在，就動歪腦筋喔。」

「誰、誰會動歪腦筋啊。」「咦？你不動點歪腦筋嗎？」

「…………」

白玲不理會反應兩極的我和明鈴，走往大宅內。

她說「想給明鈴看」的……究竟會是什麼東西？

我坐到附近的椅子上，對明鈴深深低下頭。

「我要再一次鄭重——感謝妳派船載老爹他們和白玲回來。若妳當初不打算幫忙，想必敬陽早已落入敵國手中了。」

「幫助未來的丈夫本來就是妻子的義務，你不用太放在心上。」

美麗的笑容令我的心臟意外漏了一拍，她有時候會突然露出很成熟的表情呢。

沒有察覺我想法的明鈴鼓起了臉頰。

「不過！『天劍』的事情就另當別論了！……隻影先生。」

「呃……嗯？」

我被一股連在戰場上都很少感受到的壓力逼得退縮。

此時，黑貓很不識相地忽然從附近的草叢跑來跳到我的腿上，縮成一團。

明鈴羨慕地瞥了黑貓一眼後，便握緊她的小手對我訴說：

「你在臨京曾說『如果我能找到天劍，你就考慮跟我結婚』。我依約替你找到天劍了！找到你想要的那對天劍了！隻影先生也應該遵守約定才對！！！！」

我的確說過，也記得自己說過。

但真沒想到她能找出消失在歷史當中的天劍。王明鈴真是太可怕了！

我摸著漆黑的劍鞘，講出像是在挑語病的藉口。

「誠如妳所見，我身上就只有這一把劍喔。『天劍』是指『黑星』和『白星』兩把劍。而且靜姑娘拔不出妳找來的這兩把劍，誰知道會不會是假的呢？」

「可惡！居然挑我沒辦法反駁的部分來說！……但你怎麼會知道那兩把劍的名字？阿靜也很好奇這一點。」

「我在老爹的書卷上看過。」

「……唔～」

明鈴搗著和稚氣長相格格不入的豐滿胸部，無力地躺下。我說在書卷上看過當然是騙她的。

她抱著枕頭，像個小女孩似的鼓起臉頰。

「……隻影先生真壞心……太邪惡了……明明我總～是心心念念著你……虧我特地低頭拜託那個欠她人情會有點麻煩的自稱仙娘幫忙找，還翻了好多書卷才找到……真是真心換絕情啊。」

就連我也感覺得出她裝可憐裝得很刻意。這位大小姐還真教人傷腦筋啊。

……「自稱仙娘」。這個年代也有這種人嗎？

我從布袋裡拿出小盒子，放到圓桌上。

明鈴坐起上半身，好奇地睜大眼睛。

「嗯？那是什麼？？」

「妳打開看看。」

「好～♪」

比我年長的姑娘很有精神地高舉左手，開心地拿起小盒子。

她小心翼翼地解開繩子，在拿出裡頭的東西之後感嘆：

「——好漂亮。」

刻著花紋的玻璃碗反射了光線，形成影子。黑貓睜開眼要求我摸摸牠，於是伸手摸了摸牠的肚子。

「這來自白骨沙漠另一頭的國家，我也很喜歡用這種玻璃製品。雖然堂堂的王家千金要得到這種珍品應該不是難事……但我想送點謝禮給妳，若不嫌棄，就收下它吧。我還準備了好喝的山桃酒，今晚大家一起喝個痛快吧。」

明鈴的頭髮隨風飄逸。

她盯著碗看了好一陣子，才很小心地放回小盒子裡，接著走來我面前。

「——……我要收回前言。」

「嗯？」

我停下撫摸貓的手……是不是應該挑個更好的禮物給她？

正當我感到後悔時，明鈴把帽子拿下來遮住嘴巴。

她滿臉通紅地左右扭動著身軀。

「你、你不能一下子對我這麼好……要、要循序漸進才行。你、你突然這樣，會、會害我心臟受不了……這個大傻瓜！我愛死你了！！！！」

「呃……我該說謝謝嗎？」

「你、你不需要有這種疑問啦！真是的！討厭！死相！」

明鈴拿著帽子硬來擠我的椅子，和我並肩而坐。

黑貓雖然受到驚嚇，卻也很快又縮回一團。大概是不認為明鈴這麼做會威脅到牠。

我對欣喜若狂的這位姑娘苦笑道：

「真受不了妳……總之，若不嫌棄，就拿去用吧。」

「好，我會把它當作我一輩子的寶物♪」

明鈴開心地擺動雙腳，對我大力點頭。

看來得跟老爹仔細談談「張家」應該送她什麼禮物了——

「……你們……在做什麼……？」

正在思考近期該做的事時，一句冰冷至極的細語傳進耳中。

好不想回頭。可是，不回頭會更慘……

我緩緩看向身後——隨即便感到極度後悔。

「白、白玲！妳、妳聽我解釋……」「欸嘿嘿～♪夫君～☆」

明鈴絲毫不在乎白玲的冰冷視線，伸手抱住已經慌得不知所措的我的左手臂，並碰觸我腰間的「黑星」。

「妳、妳這個笨蛋——」

「（幫我找到這把劍的那個自稱仙娘好像因為以前遇過很多事情，很討厭打仗，但是非常善於謀略。聽說她來自西冬，改天有機會我會再介紹給你認識。而且其實她比我更熟悉『我想給你看的東西』……還有，聽說『玄國』皇帝也在找這對『天劍』。）」

「唔！」

我頓時啞口無言，直直凝視著這位大我一歲的姑娘。

……阿岱韃靼也在找「天劍」？為什麼？

她說的「來自西冬而且善於謀略的自稱仙娘」又是誰？

想起那位戴著藍帽子，頭髮遮住左眼的金髮姑娘——一雙纖細的手強行抱住明鈴，再次將她拋飛出去，驅趕到長椅上。

「呀！」

「…………」

火冒三丈的白玲坐到椅子上，小心翼翼拿出並打開我送她的那個有螺鈿裝飾的小盒子。

裡面裝著我送她的髮繩和各種飾品。

銀髮姑娘露出和善的微笑。

「好——……我們再來談談吧，王明鈴。我來告訴妳我們之間可是天差地別。」

「呵呵呵……」

坐回椅子上的明鈴翹起腳，用手托著腮幫子。

哇……她這表情簡直像是奸商。

「妳看到剛才那幅景象，竟然還認為自己有勝算？我不討厭會勇敢面對威脅的人——不過！我仍然勝券在握！妳看看這個玻璃碗！隻影先生送了跟他成對的玻璃碗給我！！！！！」

白玲面露自信，翹起長腿。這種表情就好比將敵軍逼上絕路的將軍。

「……呵！還以為妳想說什麼呢，原來也不過就這樣而已。」

「妳、妳說什麼？」

……我好怕。這種時候最好還是走為上策。我抱起黑貓。

「啊……我先告辭了——」「「你不准走！」」

「……好。」

我在兩位貌美姑娘的命令之下，重新坐回椅子上。

「……我、我……實在毫無招架之力……」

後來──她們一直在吵「曾經收過我送她們的什麼禮物」、「在臨京的時候曾一起去哪裡」之類的事情，一直到靜姑娘和朝霞端茶過來許久，都還沒吵出結果。

──有時害臊也能夠殺死人。

所以我實在忍不住在目送吵了半天終於回大宅裡吃晚飯的兩人離開後，就立刻趴倒在桌上。

她們兩個吵歸吵，其實感情還不錯吧？

＊

「我還是覺得沒道理。爹，您為什麼要叫王明鈴姑娘來敬陽？」

身穿睡衣、解開髮繩的白玲這道語帶不滿的提問，響徹了深夜的書房。

搖擺的燈火使得我們的影子也隨之晃動。

老爹將筆放上硯台。他應該已經吃過晚飯也泡過澡，卻仍穿著軍袍。

「白玲，別這麼大聲。會吵到其他人。」

「…………對不起。」

白玲心不甘情不願地道歉，等待老爹繼續說下去。

老爹壓著眼角，以堅定語氣向我們說明。

「我最近得回『白鳳城』。但加強敬陽與西部的防禦也顯然是當務之急。我認為必須請明鈴姑娘協助，才能確保我們有足夠物資。王家也允許她暫時離開臨京。這些事情都早已說定。等開始進攻西冬之後，她也會協助你們維繫後勤。」

「「…………」」

我和白玲陷入沉默。老爹說的不只是單純有道理，而是再有道理不過。

我們必須加強和重新策劃敬陽的防禦，而且只剩沒多少時間。

再加上——據說這次進攻，白玲跟我率領的部隊必須自行調度各種物資。

這當然是總指揮官刻意刁難，反正「西冬」也有不少大河的支流，只要好好利用小型船隻，還是遠比用馬搬運物資輕鬆許多。

既然明鈴會出手相助，那我們面臨的最大問題也算多少得到解決。

那位比我年長一歲的姑娘就是有這麼大的本事。我開口呼喚：

「白玲。」「……我先告辭了。」

銀髮姑娘在低頭致意後離開書房。

看來她應該是懂老爹說的道理，可是心裡過不去。老爹深深嘆了口氣。

「……真傷腦筋。隻影，抱歉——」

「我等等會再和她談談。她應該也明白，而且剛才還跟明鈴一起泡溫泉。」

白玲個性很正經，不像我小時候常常調皮溜出大宅去敬陽到處逛。所以她幾乎沒有年紀相近的同性友人。

從小被父母捧在掌心上的明鈴似乎也是如此，靜姑娘還偷偷告訴我：「明鈴其實很高興能和白玲講上話……只是她就是不夠坦率。」

她們兩個就某方面來說，其實很相像。

我低聲向老爹詢問：

「您或許會覺得我問太多次，但還是想問——……我們真的沒辦法阻止這場進攻嗎？」

「……嗯。」

雲朵遮住月亮，使室內變得更加黑暗。

張泰嵐閉上雙眼，強忍著心裡的苦悶說道：

「我剛才收到臨京的嫂子寄來的信。說臨京那邊已遵照聖旨，正式開始整軍了。不久後——應該就會出發前往『安岩』。這次進攻的目的只有『懲罰「西冬」』，連要進攻到哪裡都沒有定好。但總指揮官大概是打算進攻到西冬首府『蘭陽』吧！」

不只沒有明確的進攻目的，還派出全國數一數二厲害的軍隊打這場幾乎沒有勝算的仗。

我和王英風一同馳騁戰場那段時間也曾被迫面臨強人所難的情況……卻也從來沒有打過如此愚蠢的仗。

頂多有幾次必須像打倒「餓狼」那時候一樣，賭賭看老天會不會眷顧我們。

老爹將粗壯的兩條手臂環在胸前。

「我們先前提過我軍人數和指揮官。據說會由『鳳翼』徐秀鳳和『虎牙』宇常虎率領南軍和西軍最強精兵各兩萬五千人打頭陣。後方十萬禁軍則是由黃北雀負責率領，整場仗的總指揮是副宰相林忠道。雖然無法理解他為何提議進攻，但他的野心一目瞭然。大概是想爭取戰功，獲封為『王』吧。屆時會連老宰相都無法動他一根寒毛。」

副宰相的女兒是皇上的愛妾——簡單來說，副宰相是外戚。

他已經夠有權有勢了，竟然還貪圖更大的權力。

千年前也有不少這種事。人果然自古至今都是一個樣。

殘酷的現實令我不禁抱怨：

「我也有聽說副宰相掌管內政有成，但他終究只是文官吧？不只是徐將軍，我也認為……」

「不可能指揮好如此大軍。若他貪圖更大的利益，勢必會是場硬仗。老宰相也相當憂心。」

長年撐起全國內政的老臣，與貪圖權力的蠢貨之間的鬥爭。

就連我跟白玲在臨京遇到的那位老宰相的親戚，也為「權力」執迷不悟。

我甩開沉重的想法，刻意轉移話題。

「我們中午試射過西冬的投石器了。」

「嗯……你怎麼想？」

老爹看起來相當好奇地摸了摸鬍鬚。

有些事情即使我們心裡都有個底，卻也難以啟齒。

「我實在不想攻打有大量那種投石器的城。它的金屬球一旦發射出去，就沒有任何方法可以擋下。要是炮彈直接砸進我方陣營……」

我攤開雙手。那種金屬球甚至能粉碎敬陽的牢固城牆。萬一被直直砸中，絕對必死無疑。

老爹深深點頭道：

「你再整理一份報告書給我，我會請人儘早送去臨京。雖然副宰相大概不會看，但至少能幫助到秀鳳和常虎。」

「明鈴帶來了『西冬曾經試做但最後還是放棄繼續開發的新兵器』，我們明天會在演習之前實驗看看，屆時我再統整成一份報告給您……只是白玲和明鈴大概又會鬧彆扭了。」

想起只有罵我的時候會同心協力的兩位姑娘。

偏偏她們又很聰明，要爭辯也很難爭得贏，看來明天還得先面臨一場苦戰……

老爹露出今晚的第一道笑容。

「我看你得小心哪天被趁著夜黑風高的時候報復了。我是不知道明鈴姑娘下手會不會狠心，但白玲和我過世的妻子像得很。」

「老爹，這話可不像玩笑啊！」

白玲不會對我客氣這點雖然是好事，可在這種時候就是壞事了。明鈴八成也……

我不禁渾身顫抖，重新提起進攻的事。

「您有掌握到敵軍的消息嗎？聽說有不少密探都被揪出來了。」

「對。雖然得辛苦一點，不過還是有其他方法打探敵情。」

老爹的雙眼中暗藏著無盡的智慧。

「榮國」引以為傲的神將，比任何人都理解情報的重要性。

「目前玄國大軍似乎還沒出現在西冬——但『四狼將』之一的『灰狼』似乎已率軍離開『燕京』。他們往西南方走，大概是要跨越七曲山脈吧。」

「赤狼」阮古頤在杳無人煙的大地開闢了一條行軍路。

即使成功打倒赤狼，仍會有其他實力與他並駕齊驅的將軍利用他留下的路進犯，威脅仍在。

我心情不禁沉重起來，這時老爹又接著說：

「而且——聽說人稱『千算』的神祕軍師待在『蘭陽』。」

預料之外的話語令我大吃一驚。

「……您說……軍師嗎？」

王英風在當上煌帝國「大丞相」之前，也是自稱「軍師」。

皇英峰也曾在戰場上與自稱軍師的敵方將領交手。

不過……軍師這個職位在現代應該早已廢棄。

老爹用手扶著下巴。

「他是個姓名和家世完全成謎的男人，似乎是在七年前加入阿岱麾下……只是他大多待在北方，我也不曾親眼見過。聽說『赤狼』戰死後，西冬的軍務和政務就改由他掌管。」

「竟然不是由軍中權力最大的老元帥掌管？」

也就是說，阿岱非常信任那位不知名的軍師能夠替他掌管一整個國家？

老爹攤開書簡，放在桌上。他的神情比以往都還要凝重。

「本來想讓你們盡可能多帶點兵過去……看來是沒辦法了。」

我迅速看完這份書簡。最後面還蓋著鮮紅的「龍」字印。

我手扶著額頭嘆氣道：

「**『後勤部隊護衛至多千人，以防敬陽無力防守』**？」

「看來他們似乎很討厭我。」

老爹在出言自嘲後站起身，轉身背對我，仰望窗外。

他強壯的背影——正在微微顫抖。

「……而且作戰書上有皇上親自蓋的龍印，無法提出異議。事已至此，實在束手無策。我真的……真的很對不起你們——」

「沒關係，我們會再想辦法。」

我打斷老爹的話，盡可能以輕鬆語氣回答。

「現況也很難調動防守大河的軍隊。而且同時應付來自兩個方向的攻擊，對他們來說並非難事。單論這點，應該也能說臨京的判斷正確吧？」

「你這麼說或許有道理。可是……可是，隻影……」

老爹知道我們這場仗要是戰敗——就會招致亡國，神色滿是哀愁。

他是真的非常擔心白玲和我。

我舉起手，故意自信笑道：

「而且——作戰書上面只寫到可派多少兵，沒有侷限『兵種』。」

「唔！」

老爹一聽到這番話，便立刻理解我的話中之意。

他把書簡摺起來收進抽屜，對我下令。

「好，你需要人手或任何東西就立刻告訴我。」

「謝謝您。我有注意到一個可能不簡單的人才……會嘗試說服她幫忙。」

房外傳來細小的聲音。看來是那傢伙回來了。

我端正站姿，對老爹低下頭。

「那麼，我先告辭了。」

「……你這次得扛下不少工作，萬事拜託了。」

我來到走廊，在走了不久後看見白玲正倚著石柱等待。

她一見到我就噘起嘴唇鬧彆扭。

「……你好慢。」

「會嗎？畢竟老爹就是會對小孩子太操心嘛。我們走吧。」

我繼續往前走，白玲也毫不猶豫地跟在身後。

我在月色之下呼喚：

「白玲。」

「是。」

我停下腳步，回頭望著她。

她似乎也早就預料到我想說什麼，靜靜等待我說下去。

「我們要挑厲害的騎兵上陣，目標是挑出一千個會騎射的人。」

「知道了。」

白玲隨即如此回答，語中不帶任何疑惑。

雖然她反對會比較麻煩，不過……

「呃，妳不問為什麼嗎？」

「八成是被限制派兵數量了吧？既然勢必會是場苦戰，當然會優先選擇迅速靈活，而且較容易隨機應變的騎兵當主力。而且說穿了——……是要方便我跟士兵們逃跑吧？有說錯嗎？」

我抓了抓左臉頰，撇開視線。

——我的命是張白玲在十年前救回來的。

既然張家軍決定加入戰局，那麼不論這場仗有多麼愚蠢……我都得避免白玲戰死沙場。絕對不允許她因此喪命。

我沒有回答她的反問，直接說明今後的安排。

「距離全軍在『安岩』會合還有段時間。從明天就開始挑人，還得加緊訓練。而且我想拜託上次遇到的那位瑠璃姑娘從軍。所以今晚早點睡——」

「我不要。」

白玲立刻回絕。她小小的頭倚靠在我的胸前。

她小時候要任性也經常會這樣。

「…………我們今晚還沒聊到。不能……聊一會兒嗎？」

一如我所料，她一抬起頭，就看著我的雙眼懇求。

我可沒有無情到看見這種眼神還有辦法拒絕。

反正明鈴喝一口山桃酒就睡著了，應該不會被她發現。

我用手梳著白玲的銀髮回答：

「真拿妳沒辦法，就只聊一會兒喔。」

＊

「真是的！我從之前就有點感覺……隻影先生對白玲姑娘太溫柔啦！說什麼『習慣在睡前聊天』……我從來沒聽你提過這回事！太奸詐了，你們怎麼可以這樣？竟然趁我睡著的時候偷偷獨處——！今晚我也要一起……呀！」

我駕著愛馬在敬陽南方的荒野上奔馳，途中一次較大的晃動使明鈴發出小聲哀號。她綁成兩條小馬尾的栗褐色長髮，也在風中飄揚。

我回頭提醒不習慣騎馬的這位姑娘。

「妳要抓穩一點，不然小心摔下馬喔。而且是妳說想親眼看看新兵器的試射跟演習耶。」

「………好。」

明鈴低下頭，顯得很難為情，並戰戰兢兢地重新抓穩我。

我刻意不理會那對豐滿雙峰的觸感。要是被先走一步的白玲發現，可能要沒命了。

靜姑娘、朝霞和其他負責護衛的士兵正在瞭望塔附近架設營地。

不遠處的貨車上載著細長的木箱。那裡面應該就是「新兵器」。

精挑細選的一百五十位騎兵聚集在荒野上，對著稻草人練習騎射。

白玲的銀髮和瑠璃的金髮在一段距離之外看起來仍相當醒目。並駕齊驅的她們似乎正在聊著什麼。

「明鈴，準備下馬了。我們先從妳想看的試射開始。」

「……好。」

她捨不得地放開手。

我在下馬時注意到靜姑娘和朝霞正笑咪咪地看著我們，同時朝明鈴伸出一隻手。

「來。」

「……咦？」

她睜大雙眼，發出怪聲。

我摸著愛馬的鬃毛，再次催促她。

「妳一個人下不了馬吧？讓妳自己想辦法下來很危險。」

「啊……呃……好…………」

我牽起明鈴小心翼翼伸出的手，一手摟著她下馬。

接著從馬鞍的袋子裡拿出帽子，替這位愣著不動的姑娘戴上。

「別告訴白玲。」

「……好～♪」

我要求笑得又更開心的明鈴幫忙保密。她真的不會食言吧？

靜姑娘見狀便走向我們這裡。

她手上拿的……不是長槍。

那根木棍最前面綁著竹筒，以及垂下來的繫繩。

「隻影先生，謝謝您。這下大小姐應該好幾個月不會耍任性了。」

「不客氣。反正偶爾載人騎馬也不賴，而且我很樂意幫靜姑娘的忙。」

「哎呀。您還是別太調侃大人比較好喔。」

「這是真心話。」

「………隻影先生？阿靜？」

我跟靜姑娘聊得正開心時，明鈴忽然發出滿是怨念的呼喚。

於是我伸出手放在她的帽子上。

「好了，妳快說明要怎麼用吧。動作不快一點，小心那個可怕的張白玲會射箭過來喔。」

「唔～！隻影先生真壞心！太過分了！……阿靜，把『火槍』拿給我。」

「大小姐應該拿不動吧？」

黑髮隨從一邊提醒嬌小的主子，一邊將那根奇怪的棒子——「火槍」交給明鈴。

而明鈴接過火槍之後果真開始站不穩，我只好繞去她身邊扶著。

「唔喔。妳啊……」

「哼哼哼……成功了！就知道隻影先生這麼溫柔的人一定會來扶我！我贏了～☆」

這位比我年長的姑娘露出彷彿小孩子成功捉弄到人的表情，倚靠到我身上。

靜姑娘雙手合十向我道歉，看起來很過意不去。正在訓練的白玲似乎有注意到我們，我看見

她帶著瑠璃和其他幾位士兵駕馬而來。

「……別鬧了，快點示範。」

「啊，好～我看看喔。」

明鈴這才終於不再黏著我，並在靜姑娘的協助下開始準備試射。

途中，穿著軍袍的白玲和戴著帽子、身穿訓練服的瑠璃分別駕著白馬與灰馬過來，並在我們附近下馬。

「隻影，你來得真晚。」「…………呃。」

「妳要抱怨就跟這個到出門前都還在處理文書的千金大小姐抱怨吧。喔，我來介紹一下。瑠璃，這傢伙是——」

我還來不及說完，比我年長的姑娘就抬起頭來。

然後眨了眨充滿疑惑的圓圓大眼。

「奇怪？這不是瑠璃嗎？？妳怎麼會在這裡？？？」

「……我才想問妳這個總是關在家裡的小不點商人怎麼會跑來最前線。」

「竟、竟然說我小不點！……唔……哼！還真敢說，妳這個『自稱仙娘』還不是一樣胸部都長不大～！」

瑠璃翠綠色的眼中顯現怒意。她雙手環胸，將臉撇向一旁。

「自稱仙娘」。也就是說，找到天劍的人——

「才不是自稱，我是貨真價實的仙娘，胸部還有的是機會長大呢！」

「哦～是喔～這樣啊～好不切實際的夢想啊～跟隻影先生想當小城文官的夢想一樣啊～」

「妳、妳這個臭奸商……」「……喂，妳們吵架別扯到我啊。」

我忍不住插嘴。這時，白玲拍響清脆的掌聲。

所有人的視線全集中在頗有威嚴的貌美姑娘身上。

「隻影痴人說夢的習慣早就不是一天兩天的事了。明鈴，麻煩解釋一下。」

「妳、妳啊……」「啊，好～」

王明鈴不理會我的埋怨，直接走到瑠璃身後抱住她。

來自異國的金髮姑娘雖然顯得不耐煩，卻也沒有甩開明鈴。搞不好她們平常就是這樣。

明鈴從瑠璃身後探出頭說道：

「她就是在西方一座荒廢廟堂找到「天劍」的自稱仙娘！我是有聽她說要來找隻影先生和白玲……但妳不是很討厭戰爭跟軍隊嗎？」

「……到底要說幾次才會相信我不是自稱的？妳仔細看。」

瑠璃不滿地揮了揮手，憑空生出一朵白花。

接著把白花插上明鈴的瀏海。

——她之前在敬陽的小巷內也用過這種神奇的招數。

「又是這招喔？雖然變出來的花是很漂亮啦……」

「怎麼樣？妳有什麼意見嗎？？」

瑠璃回頭瞪著身後的明鈴。

比我年長的那位姑娘隨即以輕快腳步跑來我背後，對瑠璃吐舌頭。

「妳用的這種『仙術』不夠驚人啊。我比較想看看可以改變天氣之類的強大仙術嘛★」

的確。傳說中的仙人或仙娘都擁有更不尋常的能力。

金髮姑娘從我們的態度看出了端倪，聳聳肩朝靜姑娘的方向走去。

「這也說過好幾次了，我用的是『方術』。還有『仙術』沒有妳想的那麼無所不能。但我聽說很久以前……在『老桃』還不是老樹的年代的仙娘有辦法引發天崩地裂。」

大陸北方那棵至少一千年以上的大桃樹還不是老樹的年代啊。

太難以想像了。我猜她說的終究只是編出來的傳說故事吧。

瑠璃接過靜姑娘手中的火槍，轉身面對我和白玲。

「……很抱歉沒有先告訴你們。明鈴說我就是找到天劍的人並沒有錯。」

「怎麼會？」「為什麼？」

我和白玲同時啟齒。

我們的言外之意其實就是——

「妳明明討厭戰爭，為什麼會不惜成為義勇兵，也要親眼看看『天劍』在誰手上？」

瑠璃瞇起雙眼，沒有逃避我們的疑問。

她接著緩緩戴起帽子，呼喚我的名字。

那翠綠的右眼蘊藏著強烈意志，彷彿想挑戰我。

「張隻影——我從明鈴那聽說過你不少傳聞。想知道你是否適合成為這對『天劍』的主人。所以等等的演習我會提供白玲建言，順便測試『火槍』的威力。我猜這場演習應該會很精采。」

＊

「隻影大人、白玲大人！所有人都準備就緒。大家已經按照命令分成一百騎兵和五十騎兵的兩組人馬，也拿到訓練用的箭矢了！」

晉升副官的庭破以非常俐落的動作回報現況。

駕著馬的我和白玲拉動轡繩，要馬轉身面向被選上的一百五十名精兵。瑠璃並沒有在其中。

「我得去做些準備。」

她和白玲討論完後，便帶著十幾名士兵離開。

……如果只是單純要埋伏，就有點無趣了。

揹著箭筒的銀髮姑娘對我使了個眼色，於是我刻意顯露嚴肅表情。

「你們都知道——我們會在不久之後進攻『西冬』。我們張家軍會派出一千名騎兵。今天在這裡的都是一千名騎兵當中會騎射的人。庭破？」

「演習用的訓練箭矢會在箭鏃上裝著有紅色染料的小袋子。你們都在手上纏好『白色』或『黑色』的布了吧？被射中的人記得高舉布條，退到山丘那裡。」

「武器原則上只能使用弓箭。勝負會依據負責帶頭的我或隻影是否被射中，或是其中一隊全軍覆沒而定。請各位小心別落馬。演習會在正中午那一刻開始——屆時朝霞會敲鑼告知。那麼，我這一隊可以開始移動了。」

「是！我們會為白玲大人拿下勝利！」

年輕士兵們神情緊張地一同駕馬離開。

至於留在這裡擔任「敵軍」的五十名騎兵——也就是經歷過敬陽先前那場攻防戰的老練士兵們則是還沒騎上馬，甚至開起玩笑來。

「我也好想保護白玲大人……」「畢竟少爺……」「不太需要我們保護。」「而且還會自己一個人突擊。」「我們故意背叛少爺是不是就能幫白玲大人得勝了？」「好主意！」

……真受不了這些傢伙。

但畢竟就是我下令要他們分成一百名年輕騎兵和五十名老練騎兵。也沒道理抱怨什麼。
苦笑著檢查弓弦時，只駕著白馬前進十幾步的銀髮姑娘忽然回頭呼喚我。
「隻影。」
「嗯？」
白玲將「白星」澈底拔出鞘，並高舉過頭。
一道光在同一時刻亮起——照亮了劍身和白玲美麗的銀髮。士兵們各個發出無聲的讚嘆。

「要是敢手下留情，我可不會饒你。我跟瑠璃姑娘絕對會想方設法打倒你！」

如此說道的張白玲立刻駕著「月影」追上她那一隊的騎兵。
那傢伙擁有領導長才，再加上有明鈴曾說「討厭打仗卻善謀略」的仙娘從旁協助。
——就來看看她們會怎麼出招吧。
我撫摸愛馬「絕影」的脖子，向一旁的青年武將詢問：
「庭破，你覺得她們會採取什麼策略？」
白玲他們已經離我們非常遠了。
不過——我這雙比老鷹還要銳利的眼睛，清楚看見戴著藍帽子的騎兵回到了銀髮姑娘身邊。

庭破在短暫思考後回答：

「我方騎兵有五十人，白玲大人那邊的騎兵雖然實力不及我方，卻有一百人。一般應該會考慮利用人數優勢正面交鋒，可是……」

白玲那一隊已經前往山丘後頭，不見人影。

好的將領一定會善加利用戰場的地形，白玲確實遺傳到老爹這方面的才華。

若今後繼續多加磨練，她率兵的能力一定會讓我望塵莫及。

青年武將重新戴好頭盔，命令老練的士兵們上馬。

「白玲大人比任何人都要熟悉隻影大人的武藝有多麼精湛。我實在不認為她會採取這麼愚蠢的策略。而這附近有不少山丘，我猜他們或許會兵分二路，嘗試夾擊我們。」

如果是幾個月前，庭破大概會認為白玲打算正面交鋒。

庭破也是從腥風血雨的敬陽攻防戰中活下來的男人。

我心滿意足地對瞭望塔上的明鈴等人揮手示意已經準備就緒。

「嗯，應該是你說的那樣。問題是白玲不曉得會留在主部隊，還是伏兵那一隊……」

太陽的位置愈來愈接近正中午。

不久後——銅鑼的巨響響徹整片荒野。

我看向已經全數上馬的我方士兵，笑得露出犬齒說：

「好——我們上！你們每個都鼓足幹勁！被白玲射中的回去就等著加倍訓練吧！」

「喔喔喔喔喔！」「少爺，太過分了！」「可是白玲大小姐應該會最先瞄準隻影大人吧？」

「也就是說，把隻影大人當成誘餌，我們就不用挨罰了？」「……好主意。」

士兵們一同舉起弓，嘴上則說著肆無忌憚的話語。我認得他們每個人的長相與名字。

前方可見騎兵揚起的沙塵。

人數——頂多三十人。

「真受不了你們……好歹替我著想一下吧。」

我將箭矢放上自己的愛弓，對眾人露出苦笑。

雖然用的是訓練用箭矢，但我的弓是「西冬」打造的強弓。

要是盡全力射出箭，很可能會害士兵們受傷。

——那麼！

我把弓弦拉到最底，射出箭矢。

箭矢順著強風敲掉了最前方騎兵的箭筒，讓他沾上紅色染料。

「唔！」

敵我雙方一陣鼓譟。

我快速射出好幾支箭，同時尋找白玲的身影……所有人都戴著頭盔，無法認出誰是誰。

難道白玲決定率領伏兵嗎？瑠璃好像也不在這三十人之中。

我繼續射下騎兵們的箭筒，同時用腳對黑馬下令，決定展開進攻。

「我們直接衝進敵陣打倒他們！庭破，仔細注意左右山丘後面。他們一定會挑那裡埋伏。等離他們夠近了以後，你們就可以開始射箭了！」

「是！」「遵命！」

五十位騎兵緊跟在我後頭。

敵我雙方逐漸逼近，此時騎兵之中有一人高舉手上的弓。

敵方騎兵隨即分散成好幾群。

雖然還差一點才會進入射程範圍內，但敵方仍然朝我方射箭，其中一部分也落在我附近。

「哦，滿厲害的嘛。」

攻打敬陽的「赤槍騎兵」也曾用過一樣的戰術。

不曉得是白玲還是瑠璃的主意。

我時而命令黑馬躲開箭矢，時而用弓箭打下箭矢，抓準時機反擊。

雙方在這陣箭雨當中愈來愈接近——這時，有一對長相神似的年輕男子與姑娘面露必死的決心，兵分二路朝我突擊。

他們的馬術相當出色，但從稚嫩的長相來看，應該是義勇兵，而且好像是外國人。

「隻影大人！」「您就放棄掙扎，讓白玲大小姐勝利吧！」

我很欣賞他們的勇氣，晚點得和庭破問問他們的名字。

接著連續射出兩支箭，在空中打下幾乎是同時射向我的兩支訓練箭。

「「什麼！」」「你們身手不錯……但還不夠好。」

我將訓練箭射向兩名勇敢挑戰我的年輕騎兵，打掉他們的箭筒。

好，接下來——

「隻影大人！左右兩邊的山丘有伏兵！」

正率領其他幾名騎兵英勇奮戰的庭破對就在附近的我如此大喊。

左方山丘有大約三十人，右方也有大約二十名騎兵從暗處直衝而來。

正前方與左右。竟然從三個方向進攻！

不過，我們已經打倒正前方大約一半的敵軍。我方則是陣形變得凌亂，但幾乎毫髮無傷。

「庭破！左邊交給我。你再趁機壓制右邊——」

但我發現——

三個方向都不見白玲與瑠璃的身影？

「隻影大人！」

庭破焦急大喊時，我早已不自覺地要愛馬轉向。

這才終於看見白玲率領十名騎兵前來，看來她是繞了一大圈到我們後方。

所以他們並不是分成三個方向，而是分成四個方向包圍我們。

這是過去在無名峽谷拿下「餓狼」那時候，王英風要我執行的「殺狼陣」。真沒想到會在今生成為被包圍的那一方。這是瑠璃的策略嗎？

……不過，他們應該不會再有其他計策。

雖然等等白玲大概會抱怨，但我只要射下白玲的箭筒就贏定了！

我拉動弓弦，瞄準那位直直衝過來的青梅竹馬。

我們迅速接近彼此，眼神相交。

同時也看見白玲的嘴唇微微動了一下。

——隨後——

「什麼！」「唔！？！！！」

一道我這輩子第一次聽見的尖銳巨響撼動了整座戰場。

不只我和老練士兵們大吃一驚，連馬兒們也受到驚嚇，頓時一片混亂。

看往右方山丘，有十名騎兵下馬拿著一根細長的棍子，最前端已經破裂的竹筒正冒著煙——是「火槍」。棍子上的竹筒變得破爛不堪。

在臨京看過幾次同樣用到「火藥」的煙火。

火槍正是利用火藥打造而成，且能夠有效克制騎兵的兵器！

「這次是我們贏了！」「你可別忘了，自大是會要人命的！」

白玲與瑠璃的聲音響徹周遭。我在同一時刻大力向後仰。

兩支箭在飛過我頭上的瞬間相互交錯。

「什麼？」「……嘖！」

這讓瑠璃感到震驚，白玲則是不悅地咂嘴。

我坐起上半身，接連射下附近騎兵的箭筒，就這麼突破那片混亂。

接著調轉馬頭——並對看起來很不甘心的兩位姑娘閉起一邊眼睛。

「嗯，算不錯了。」

「於兵卒之前不亂陣腳，方為良將。」

前世的我在戰場上總是如此，而這想法也深深刻在我的魂魄當中。

不過……剛才其實相當驚險。

如果白玲率領的騎兵訓練得更加精實，我可能早就落敗了。

那個仙娘也真可怕，竟然不只用上「殺狼陣」，還用上「火槍」。

離我有段距離的白玲吐出怨言。

「你剛才應該要乖乖被我們射中啊。真是不可愛。」

「你……真的是人嗎？」

直到最後都沒讓我看見的瑠璃接著困惑問道。

她一直駕馬將自己藏在白玲身後，卻還能夠一心兩用地射箭。真厲害。

還以為善謀略的人都不擅長武藝……看來得拋棄這種想法了。

「抱歉啊，仙娘，我就是個貨真價實的人。順帶一提，我只想當個小城文官。」

「……什麼？」「你又在痴人說夢了。」

瑠璃顯得愈發困惑，白玲則是發著牢騷。

我趁這時候看往正在交戰的騎兵們。

我方騎兵——含庭破在內，剩下大約三十人。

白玲那一方的騎兵也少了很多人，但仍然有六十人左右。

雙方都非常有鬥志，且認為己方會奪下勝利。差不多了。

我向白玲使了個眼色。

「嗯……反正如果射到妳，又會惹妳生氣吧？」「那當然。」

我們放下手上的弓，一同大聲命令：

「「演習到此為止！！！！」」

士兵們大吐一口氣。有些人雖然沒講出口，卻看得出他們很不服氣。

「明明就快贏了！」

這是很適合結束演習的好時機。

白玲露出柔和微笑。

「各位，辛苦了。即使應該沒有人受傷，但如果真的覺得不舒服可以明說，我會請朝霞他們準備水和食物。若沒有問題，就直接回瞭望塔吧。」

「是！謝白玲大人！」

士兵們在道過謝後駕馬離去。

——這傢伙果然比我更適合擔任總指揮。

那位正在沉思的藍帽子姑娘也可以從旁輔佐，我只需要負責衝鋒陷陣就好。

我很滿意這場演習的成果，接著拜託正在拭汗的青年武將一件事。

「庭破，麻煩你詢問大家的想法，再告訴我結果。我想用來參考該怎麼編隊。你可以先休息一陣子再去問。」

「遵命！」

這位長相有點神似鬼禮嚴的青年武將在敬完禮以後，便跟著其他士兵們的腳步離開。

現在只剩下已經下馬的我和白玲，以及——

「……居然連用上『火槍』的『殺狼陣』都贏不了。所以他才會被天劍選上嗎？可是他的武藝實在不尋常……難道這就是為什麼我拔不出那對雙劍？那是真的天劍？？？而且張家千金跟張家軍也實力了得。明明大家都還是沒什麼默契的新兵，卻能夠照著我的計策做到這種地步……」

戴著藍帽子的美麗姑娘在下馬之後拿出不知有何用途的金屬短棍，一邊用靈巧的動作轉動那根棍子，一邊低聲自言自語。

也不曉得是有意還是無意，她身邊接連飄出白色的花朵，並在不久後消散。

感覺連她身邊的灰馬也不知該如何是好。

我出聲呼喚順手把白馬牽來身邊的那位姑娘。

「白玲。」

「這次的計策全是瑠璃姑娘想的。你就跟爹說我也認為可以重用她吧。她值得信賴。」

白玲立刻如此回答。

——「女人擁有銀髮藍眼為傾國之兆。」

白玲至今見過不少因為這種古老迷信而對她心生厭惡的人，她看人的眼光一定不會錯。

仍在沉思的那位金髮姑娘想必是個善人。

……雖然好像也有可能是跟明鈴不同的另一種怪人。

正當我這麼想時——

「隻影先生～♪」

「「「…………」」」

王明鈴那道足以打斷一切談話和思考的開心嗓音傳進耳中。

我們三人一同回過頭，看見明鈴在駕著馬的靜姑娘身後不斷揮舞手臂，手裡還拿著奇怪的金屬筒。那似乎跟瑠璃手上的短棍是一樣的東西。

明鈴在靜姑娘牽著她下馬以後，便泛紅著臉頰講述感想。

「好厲害！你真的好厲害，太厲害了！啊……幸好我有從瑠璃那邊得到這個可以看見遠方的奇怪老古董。欸嘿嘿～♪夫君在戰場上的英勇模樣真是大飽眼福。看得我接下來半天都有精神做正事了！」

我伸出手，輕壓這位比我年長的姑娘的額頭。

「半天也太短了，再多加把勁好不好。」

「咦～如果有人稱讚我，當然願意好好努力啊。你覺得『火槍』這種兵器怎麼樣？」

明鈴原本開心的神情在轉瞬間變為商人。

不再生出白花的瑠璃似乎也很想知道我對這種兵器的想法。

我拿起落在白玲頭髮上的花瓣。

「還不賴。」

「那我們馬上就來大量製造——」「對付騎兵應該很有用——」

我舉手制止明鈴和瑠璃說下去，拿起第二片花瓣。「……真受不了你。」白玲也伸手拿下我頭上的花瓣。

我將自己在戰場上觀察到的景象告訴她們。

「會發出巨響這點不錯，雖然不一定能嚇到敵軍，但至少能嚇到他們的馬。不過——只用竹筒太脆弱了。我看到那些火槍的竹筒在發射過後都變得殘破不堪。而且在戰場上不只會在裡面放火藥，還會放些小石子吧？萬一火藥跟小石子直接在士兵們手中炸開，會害他們受傷。把竹筒改成金屬筒應該會比較好吧？」

「…………金屬……嗎？」

明鈴頓時陷入沉默，並將臉埋在靜姑娘的背後開始深思。

在我和白玲面前顯露非凡才能的那位金髮姑娘目瞪口呆地說：

「……你這個人果然很奇怪。居然看得見那麼遠的東西？是因為天劍才會有這麼出神入化的武藝嗎？記得有個傳說是『擁有「天劍」的人會得到舉世無雙的武藝』……」

「很可惜，我的武藝不是天劍賜的。我是不知道天劍還有那些傳說，但我認為它們只是歷史悠久的普通劍……所以，這次演習應該算我贏吧？妳說說為什麼會來張家軍當義勇兵吧。」

「——……好。」

瑠璃把金屬棍收到腰際。

接著撫摸一旁的馬，語氣平淡地講起來擔任義勇兵的來龍去脈。

但她話中的感情和以往截然不同，相當冰冷。

「我說我是『仙娘』並不是胡謅的。不過——只會用可以變出白花的方術，而且很快就會消失。不知道現代還殘存多少這樣的方術，也無從得知。畢竟最後一座仙鄉已經滅鄉超過十年……我頂多有些用不到的古老學識和工具。小不點商人拿著的金屬棍也是其中之一。除此之外其實和凡人無異，被刀劍砍到還是會死……而且我非常討厭打仗。學來這些計策只不過是要讓自己能夠活命，起初也完全不打算加入義勇兵。」

——能夠變出會消失的花。

只會這種方術，的確等於手無縛雞之力。

金髮姑娘壓低帽子，凝視著我的「黑星」和白玲的「白星」。

「不過——……『天劍』忽然出現了。那對傳說神器自從千年前的『雙英』逝世後，就沒有再落入任何人手中。知道天劍傳說的人聽聞它們再次顯現人間，怎麼可能會不在意？」

「妳的意思是這兩把劍是真的天劍嗎？」

說它們是神器也太誇張。我出於好奇，刻意出此提問。

——這兩把劍的確就是「天劍」。

不過，現代只有我能夠保證它們不是冒牌貨。

瑠璃的眼神變得銳利起來。

「我就是想要確認真假，才會特地來這裡一趟……畢竟雖然是小不點商人慫恿的，但終究是我找到了這對天劍。尤其小時候曾聽說『「天劍」顯現人間的時代必為亂世』……其餘理由就是個人的私事了。」

「「…………」」

我跟白玲面面相覷。「個人的私事」啊。

一陣風吹過荒野。

明鈴剛從深思當中回過神來，就立刻介入我們的談話。

「我才沒有慫恿妳～！明明是我一向妳提起這件事，妳就自己說絕對要找到那對天劍，激動得很——唔唔！」

「……住嘴！」

金髮姑娘伸手摀住那位比我年長的姑娘的嘴，兩人的帽子也隨之掉落在地。

靜姑娘對兩人投以滿懷慈愛的眼神，白玲則是拉了拉我的袖子。

好像是希望我趕快回到正題。

「瑠璃。」

「——……什麼事？」

我撿起正在和明鈴吵架的金髮姑娘的帽子，拍掉沙塵。

接著把帽子遞給她問道：

「妳之後有什麼打算？要回家鄉嗎？？」

「……我沒必要告訴你……」

金髮姑娘在接過帽子之後低下頭。

我輕拍腰間的「黑星」。

「妳不想知道這把劍是不是真正的『天劍』嗎？」

「…………這……」

她突然支支吾吾起來，似乎很猶豫。

這時明鈴雙眼一亮，和白玲竊竊私語。「旁觀隻影先生這麼捉弄人的模樣也挺不錯的嘛。」「——……我不予置評。」「妳是不是有一瞬間也這麼想？」還是別聽她們聊什麼比較好。

我雙手合十，向瑠璃提議。

「我們張家現在很需要人才，尤其是熟知『西冬』的人才。想拜託妳助我們一臂之力。」

這種時候耍小伎倆逼她幫忙一定不會有好事。真的不答應再來想想辦法。

瑠璃在不久後搖搖頭。

「——……我說過討厭打仗。」

「真巧，我也不喜歡打仗。畢竟我只想當個小城文官。」

明鈴和白玲像是刻意要讓我聽見一樣說道：

「白玲姑娘，他是認真的嗎？聽他常常把這件事掛在嘴邊……」

「很遺憾，是認真的。只是他在文官這方面的才能和武藝相比就……」

「喂，那邊那兩個麒麟兒。」

我半瞇著眼瞪著白玲和明鈴，隨後平時總是對立的兩位姑娘反倒同心協力揶揄我。

「你也差不多該放棄了。你應該有所自覺吧？」
「而且王英風也說過『痴人說夢終究是一場空』。」
「唔！」
可、可惡！王英風！別讓這種話流傳後世啦！
——這時傳來一陣竊笑聲。
瑠璃露出了她這個年紀的姑娘常見的笑容，果然也只是個十五歲的女孩。
「你這個人真的好奇怪。」
「也沒比自稱『仙娘』的人怪吧？」
金髮姑娘戴上藍帽子，轉動拿出來的金屬棍。
接著撥弄自己的金髮，迅速講出結論。
「如果只是要我帶路，倒是沒問題。不過——我不會上陣殺敵。可以嗎？」
「這樣就夠了。白玲？」
「我不反對，畢竟瑠璃姑娘很善良。」
「……謝、謝謝誇獎。」
瑠璃害臊地道謝，身邊還飄舞著白花。
白玲和明鈴看著這樣的姑娘。

我則是靠近愛馬，敦促她們動身。

「我們也回瞭望塔吧。我口很渴，肚子也餓了。晚上再來開場宴會歡迎瑠璃。雖然就快打仗了，但開點小宴會也不至於遭天譴吧？」

第三章

「軍師閣下，好久不見。我『灰狼』叟祿博忒前來登門拜訪了！」

實在很難想像一個受命治理西冬的人，會在如此簡樸的書房裡處理政務。我走進這間書房後並沒有特地等待回應，而是直接笑著向在一整堆文書後頭的男子敬禮。

身後的吾師，也是我那位人稱「黑刃」的副將——義先也是如此。

我們從燕京遠道而來，軍袍上沾了點髒汙……但他比任何人都了解戰場，一定能夠諒解我們的苦衷。

這裡是帝國西南方的「西冬」首府——「蘭陽」。

如今已是偉大的「天狼」之子阿岱皇上的囊中物——且想必會在不久之後成為歷史留名的激戰之地。

太令人迫不及待了！我一定要替皇上拿下一場漂亮的勝仗！

正當我暗自鼓足幹勁時——那位面色蒼白、被淡褐色瀏海遮住細細雙眼的柔弱男子推開了堆積如山的文書，這才終於看見他的臉。他穿著黑褐色為主的樸素禮袍。

「是叟祿閣下和義先閣下啊。喔喔，原來已經這麼晚了。」

這名柔弱男子——赫杵是我們玄國引以為傲且飽受皇上信任的軍師。他看往邊桌上的刻漏，扶額說道。

書房裡幾乎沒有任何像是他另外帶進來的私人物品，只擺著像是小孩會戴的舊狐狸面具。

「抱歉，我一工作就總是處理得太忘我。皇上和吾師也曾因此訓誡過我幾次……讓兩位見笑了。我馬上去泡茶過來。」

赫杵先生似乎是真的很過意不去。看他打算離席，於是趕緊制止。

我拍了拍外衣，再拍打胸脯。

「您不需費心！我們來此地的用意是希望能多少減輕軍師閣下肩上的重擔！您有什麼事情就儘管吩咐。我深信若阮將軍仍在世，也定會這麼想。」

一提起無緣親眼看見皇上統一天下的戰友，就忽然一陣鼻酸。

「赤狼」阮古頣比任何人都要勇敢，而且行事處處把玄國的未來看得比自身名譽更重，是一名非常值得敬佩的男子漢。

……我一定會替你報仇！

赫杵先生蒼白的手握緊了羽毛扇。看來他也是這麼想。

他搖響一支小鈴鐺，呼喚在外頭待命的異國姑娘。她似乎是赫杵先生的隨從。赫杵先生命令她端茶給我們，並揮手要我們就坐。

「……謝謝您的好意。您這麼說，也讓我的心情多少輕鬆了點。」

我和義先在向他敬禮後坐上長椅，赫杵先生也隨即將一張地圖攤開在桌上。

羽毛扇先是指著「燕京」。

接著再移往大森林與七曲山脈，最後抵達「蘭陽」。

「我們玄國能夠幾乎不耗一兵一卒就拿下西冬，全是多虧阮將軍克服千辛萬苦，成功闖過無人之境，以及出此命令的皇上那雙慧眼……若無能如我，想必是無法做此決定。如果我能更早一步來到西冬就好了……」

「我們是走阮將軍開闢的行軍路前來的。雖然無法讓所有士兵都走這條路，但我能肯定至少可以讓一小支軍隊通過。」

「他說得對。」

沉默寡言的義先難得開口附和。

記得以前曾在酒宴上聽說……我逝去的父親——上一代「灰狼」和阮將軍與義先三人自他們第一次上陣起，就是彼此的好戰友。

我挺直背脊，捶響雙拳。

「軍師閣下，雖然才剛來拜訪您不久，但可以請您告訴我們西冬國內的情況，以及南方那群叛徒最新的動向嗎？」

「沒問題。」

面色稍微沒有先前蒼白的赫杵先生答應得很爽快。

隨從正將茶倒進杯中，使得室內飄盪令人心曠神怡的獨特香味。

「我先講講『西冬』國內的情況吧。」

「麻煩您了。」

軍師先生用羽毛扇輕敲地圖上的「蘭陽」。

「阮將軍曾說──他率領『赤槍騎兵』偷襲西冬首府時，幾乎沒有遭遇反抗。您見過西冬王了嗎？」

「……見過。我們剛剛去了宮殿一趟。」

我立刻喝光碗裡的茶，壓抑內心怒火。接著埋怨：

「他腦滿腸肥，對我們滿是恐懼和諂媚，甚至央求饒他一命。真不敢相信那是一國之主……應該沒有必要留活口吧？」

「西冬」長年以貿易大國之姿聞名天下。

儘管軍力不強，但他們仰賴貿易取得的龐大財富，和七曲山脈與西北方的白骨沙漠等天然城牆，都是他們長年免於受我們玄國進犯的原因。

看來不是任何人都能像阿岱皇上那麼足智多謀。

軍師先生點頭對皺起眉頭的我說：

「的確可以考慮不留活口。甚至我也贊成那麼做。不過……皇上嚴令我們不得取他性命。」

「為什麼？」「…………」

赫杵先生用羽毛扇遮住嘴邊。

我先前也曾在北方戰場看過他深思時會有的這種習慣。他一旦陷入深思，就不會再理會其他人的搭理。

書房內只剩下刻漏的聲音——不久，以道理為重的軍師先生開口：

「今天才剛來西冬的二位或許會覺得難以置信……但其實真正掌管西冬的另有其人，所有人都稱之為『高人』。你們見到的西冬王不過是個幌子。」

「『高人』……他究竟是何方神聖？」

太詭異了。

竟然有人暗中指使西冬王？

赫杵先生困惑地搖搖頭。

「我也不清楚詳情，不過……」

「不過？」

這位戰無不勝的男子即使身處北方激戰之地，仍能隨時保持冷靜地擬定策略，替玄國拿下光榮勝仗。然而他現在的神情卻好比遇見了妖怪。

「高人說她——……是活了數百年，能夠稍微操控天氣的『仙女』。她還在我面前無中生有地從手中變出花。」

「——……呵！」

我頓時愣得啞口無言，但很快就忍不住笑出聲。

連一旁依然面無表情的義先心裡也覺得荒誕無稽吧。

「軍師先生，您這番話太荒唐了。怎麼可能有人能夠操控天氣……先前就聽說西冬的開國始祖是位『仙娘』，我看您說的那位高人八成是個騙子吧？」

「我也無從得知真相。而且皇上似乎有些打算……總之，我國目前和西冬交情甚佳，也允許我們用西冬士兵。雖然必定會有些人不願服從，但總有辦法讓他們不敢抗命。喔，記得阮將軍逝世的消息傳來以後，軍中就有點不太平靜。但我稍稍『安撫』他們一下，很快就靜下來了。」

「……這樣啊。」

我聽出他的言外之意後，忽然覺得有股寒意直竄背脊。

阮將軍落敗時，「蘭陽」應該只有幾千名玄國士兵。

可是……他們卻能夠成功鎮壓至少上萬人的叛軍？

人稱「千算」的赫杵果然不得小覷。

「再來是『榮國』——」

他沒有察覺我心中的畏懼，繼續用羽毛扇在地圖上比劃。

扇子沒有停在劃開整片大陸的大運河中心——也就是對我們來說充滿恩怨的『敬陽』，而是一直到西南方的國境才終於停下。

——那片土地是「安岩」。

「他們要行動了。有不少士兵聚集在國境附近的小城鎮，推估人數大約十五萬。『臨京』的偽帝也已經下令進攻。我們必須注意張家軍有派一小批人馬參戰，但張泰嵐看起來沒有打算離開敬陽。和我們事先聽到的消息無異。」

想起皇上在我們離開都城前所說的那番話。

「張泰嵐是個不小的威脅。所以——我不會讓他踏上戰場。」

皇上利用潛藏於臨京的「老鼠」逼得那位強敵動彈不得。

我們的皇上果真是遲早能夠奪得天下的明君！

我激動得渾身顫抖，不禁揚起嘴角。

「那麼，軍師先生，我們這次該如何應對？敵軍雖然不強，但人數眾多。我方只有我率領的五萬『灰槍騎兵』，以及首府的數千守衛。尤其西冬士兵隨時可能造反，我們勢必會在人數上屈居劣勢。」

「——這還用說。」

赫杵先生頓時睜大平時幾乎不像有睜開的雙眼，神情也變得能夠一眼看出他是神機妙算又身經百戰的軍師。

他起身用羽毛扇拍打地圖，冷酷說道：

「當然是殲滅他們，不讓敵軍生還。」

我加深笑意，一旁身經百戰的勇士也拍響鎧甲，表示完全贊成。

我們一直以來都偏好積極進攻的策略。

赫杵先生接著說下去。他平淡的語氣也透露出些許掩藏不住的鬥志。

「榮帝國只有張泰嵐是皇上眼中的威脅。然而……說來可悲，臨京那群愚蠢之徒將張泰嵐排除在此次進攻之外，所以他們仍然缺乏足以威脅我方的兵力。若我們能先藉機除去榮國大軍，下次進攻榮帝國必能減少我方士兵的犧牲。」

「您的慧眼依舊如此過人！著實令人佩服！」

我低下頭，稱讚這位足智多謀的軍師。並不是在拍馬屁，而是打心底佩服他。

即使我被提拔為「灰狼」，也不過是個在戰場上率兵殺敵的武將。

真正能夠掌控大局的人，是不只能夠想出引領我們奪下勝利的策略，還能料想到未來情勢的皇上，以及眼前這位智者。

赫杵先生嚴肅地揮袖下令：

「義先閣下——今後就由你來率領在先前那場仗中成功撤退的兩千『赤槍騎兵』吧。請你務必在戰場上替阮將軍湔雪前恥。皇上也同意了。」

率領「赤槍騎兵」？

我睜大雙眼，看向身旁的副將。

他們雖是敗戰之兵，仍然是「四狼將」麾下的玄國最強精兵。

如今要由我軍最強的勇士來率領他們——我內心激動萬分，心跳不已。

這時忽然有道堅硬聲響撼動了桌子和地面。

是義先交碰他的雙拳，單膝跪地，低頭回答：

「……在下不才，但必定全力以赴。」

「你無需謙虛。身經百戰的赤槍騎兵想必也很樂意追隨你。我必定會準備好戰場，你就盡情揮舞黑刃大殺四方吧。」

「──……遵命！」

充滿鬥志的勇士彎起他的嘴角，笑了出來。

我不禁對敵軍感到些許同情。

「黑刃」與「千算」。

再加上我──「灰狼」叟祿博忒在……我看他們大概都得戰死異鄉了。

「那麼，我來說說目前的策略。雖然叟祿閣下或許無法苟同……我打算利用『高人』來打這場仗。不論那位高人是何許人也，我們仍必須物盡其用，替偉大的『天狼』之子阿岱皇上奪下勝利！這不只是阮將軍的遺願，也是我們前來此地的唯一目的。」

＊

「糧食確定都準備好了嗎？」

「這張薄薄的紙是什麼？可以撕下來嗎？」

「傻瓜，這是防雨的油紙。是『王家商店』好心替我們包著的！」

傭人和女官們匆匆忙忙地在前庭處理後勤物資。

「張家」在前幾天收到了都城的正式命令——

「此次將派兵征討叛徒『西冬』。命張家速派千兵參戰。」

所以大家才會急忙做起出征的事前準備。

真沒想到他們竟然真的完全不過問老爹的想法就決定啊……

我瞥了一眼在左右兩旁的桌前用難以置信的神速處理文書的銀髮姑娘，與栗色頭髮的姑娘。

「……明鈴姑娘，妳好像寫得比剛才慢了不少，要不要交給我來就好？」

「……白玲姑娘，我看妳是眼睛有問題吧？明明就是我比妳快多了。」

「「～～唔！」」

白玲和明鈴隔著被夾在中間的我，惡狠狠地瞪著彼此。

……真受不了她們。

得代替在大河南岸「白鳳城」的老爹想想辦法才行！

「好！看妳們都忙得不可開交，我也來幫忙處理這些文書——」

「你乖乖坐好。」「隻影先生，我來幫你處理就好了～★」

兩人立刻拒絕我的好意。

還來不及接著說些什麼，她們就迅速動起手上的筆。

「我有問題會再問你。」「你就好好休息吧～」

「…………好。」

我垂頭喪氣地回答。

……她們就只有這種時候很有默契。我用手撐著臉頰，看向窗外。

瑠璃從一大早就不見人影。

那位自稱仙娘在那場演習以後正式成為白玲的隨從，生活起居都在張家，但目前還沒特別要求她負責哪些工作。

她似乎天天都會和白玲跟明鈴聊天……然而感覺還是有些隔閡。

我不太想藉著「天劍」逼迫一個討厭打仗的人談兵。

不過也想向她請教一些謀略方面的訣竅，該怎麼辦才好呢？

正想著這些事情時，朝霞和靜姑娘又搬了新一批文書過來。

靜姑娘一看到全神貫注的兩人和無所事事的我，便笑了出來，似乎是從中看出變成這樣的來龍去脈。被白玲下令要留在敬陽協助明鈴和靜姑娘，不得上陣的朝霞起初還不太開心，現在好像也終於消氣了。

「…………唉。」

感到不太自在的我不禁嘆出一口氣，緩緩起身。

接著拿起倚放在一旁的「黑星」走向門口。

拿著筆處理文書的白玲和明鈴一同看了我一眼。

「我沒允許，你要去哪裡？」「你想逃走，就等著挨罰嘍～」

「我、我只是去拿個水啊。」

「「…………」」

我揮手擋住她們銳利的視線，踏上走廊。

……她們果然感情很好嘛。

暗自埋怨時，書房裡忽然傳來白玲和明鈴的笑聲。

「嗯，也不是壞事呢。」

我忍不住會心一笑，就這麼順著走廊邁步。

在廚房一拿完水，就立刻準備走回書房。

白玲其實很愛操心，離開太久很可能會來找我。得加緊腳步才行。

打算從中庭抄捷徑時——

「喔？」「……啊。」

正巧和一手拿著紙袋坐在石頭上，嘴裡吃著月餅的瑠璃對上了眼。

她穿著道士法袍，還能看見黑貓在她的腿上縮成一團。似乎剛從市場回來。

我對有點被嚇到，而且今天那頭長髮上沒有戴著帽子的金髮姑娘笑道：

「那個看起來滿好吃的，我也要一個。」

「……不行。這是我的。」

她把紙袋拿到身後，簡短拒絕我的要求。這也嚇醒她腿上的貓，隨即跳往地面。

我把前來磨蹭腳的黑貓抱到肩上，刻意調侃瑠璃。

「好吧～原來這年頭的仙娘這麼小氣啊……明明仙人和仙娘應該要助人為樂才對啊。」

煌帝國那個年代也有人自稱「仙人」或「仙娘」。

不知道他們會不會用瑠璃曾經用過的奇怪法術，但他們都會積極施捨和幫助百姓。

我用左手接下瑠璃面露難色地從紙袋裡拿出來扔給我的月餅。

「……你講得好像親眼見過古代的仙人一樣。」

「如果我說我真的見過呢？喔，這個真好吃。」

「…………」

穿著道士法袍的姑娘將臉撇向一旁，吃起從袋子裡拿出的第二個月餅。

我坐上附近的椅子，一邊安撫四處走動的貓，一邊仰望藍天。

小鳥們悠閒飛舞的模樣，讓人頓時忘了我們不久後就得趕赴戰場。

「今天天氣真好。」「——今天天氣真好。」

幾乎在同一時刻說出這番話。

我和她四目相交——

「「…………」」

氣氛變得稍嫌尷尬。

我摸著露出肚子的黑貓，硬是聊起其他話題。

「啊……正好想問妳問題。妳來自『西冬』，怎麼看這一場仗？順帶一提，我非常反對。」

「……我嚴格來說是其他國家的人，只是在西冬長大。關於這次進攻，我也有些話想說。」

瑠璃把紙袋揉成球，凝視起我的雙眼。

——「只是在西冬長大。」

看來她也有些隱情。

「這次進攻絕對不可能成功。他們竟然不把可以利用大運河，而且離『西冬』首府和大城鎮更近，甚至只要利用大河支流就能輕鬆避免物資短缺的敬陽當作據點，而是刻意從南方北上……明明南方只有一片大草原，還有幾座城寨跟一些貧窮小村落。」

如果以我們所在的敬陽為據點——只要往西走，就能抵達西冬的河川貿易重鎮「狐頭」，更能直搗西冬首府「蘭陽」。

即使要闖過有幾條大河支流流過的峽谷不算輕鬆，單論物資方面明顯比從南方進攻更有利。

而且雖然無法搭乘大船，也仍然能藉由小船西進。

瑠璃拿起掛在腰上的短金屬棍——一種叫做「望遠鏡」的工具，在手上轉動。

「我從明鈴那裡聽說榮帝國裡稱得上人才的，就只有『三大將』張泰嵐、徐秀鳳、宇常虎和在臨京的老宰相。現在『榮國』沒有『西冬』的詳細地圖，沒有探聽到正確的敵情，甚至沒有明確的進攻目的……這樣還能打勝仗，天都要下紅雨了。」

「…………」

我將月餅吃進嘴裡。很遺憾，她說的全是事實。

臨京那邊定下的最終目標是——

「懲罰背叛我國的『西冬』。」

極為含糊不清。

「幾乎只有讓徐將軍和宇將軍打頭陣是正確的判斷。畢竟這場仗不能拖太久，當然只能速戰速決。問題是——」

「沒有能夠迅速應對奇襲的援軍掩護打頭陣的兩位將軍。明明玄國騎兵在北方大草原打仗常常會繞到敵軍背後奇襲。」

我搶先講完瑠璃想說的話，並暗自對瑠璃過人的才識感到震驚。

她不只熟知古代的戰爭，連現代的戰爭都知道得一清二楚。

——這位自稱仙娘的金髮姑娘擁有能夠精準看透戰局的「眼光」。

這是一種長年苦讀軍略也學不來的天賦。

穿著道士法袍的姑娘沒有察覺我的想法，語帶諷刺地提議：

「不如就由你們來擔任那些援軍吧，現在還不至於太晚……但你們也更容易戰死沙場。」

「我跟老爹提過，老爹也傳話給宮裡那些人了。結果……他們根本不屑一顧。」

就我所知，「鳳翼」和「虎牙」在戰場上立下了無數功勞，甚至足以匹敵老爹。

……然而，即使他們是再怎麼英勇善戰的將軍，也不一定能夠戰勝強悍無比的玄國軍。

尤其他們不曾在西冬附近打仗，鐵定會是一場硬仗。

我把貓放到椅子上，站起身。

「唔！」

靠近有點受到驚嚇的瑠璃，看著她美麗的翠綠右眼。

「還有——不要輕易把『死』掛在嘴邊。至少我並不打算讓跟著我去打仗的敬陽士兵送命。

當然了，也不會讓白玲和妳被這場仗奪走性命。不然就沒資格佩帶『天劍』了，不是嗎？」

瑠璃睜大眼睛，身體微微顫抖。

隨後便老實低頭道歉。

「對、對不起……我不是想要詛咒你們死……」

好像明白為什麼白玲很肯定她值得信任了。瑠璃是個非常有良心的姑娘。

於是趁這個機會以輕鬆語氣再次強調一件事。

「總之妳也不需要對我們不離不棄，覺得不妙就趕快逃吧。只要在還沒離開的這段期間告訴我和白玲一些『西冬』的事情，和敵人可能採取的策略就好。」

瑠璃放鬆手指的力道，微微表露謝意。

接著又恢復原本的態度，有些不滿地用手指戳著望遠鏡。

「……我只是負責帶路的吧？」

「那妳現在是帶路人兼軍師了。敢問我們偉大的軍師，您覺得敵軍會有什麼樣的策略呢？」

「……你真討厭。」

平常被白玲瞪習慣了，瑠璃這種瞪法簡直和一陣微風沒兩樣！

我以非常浮誇的動作低下頭，默默等待她的回答。

「…………你這個人真討厭！」

金髮姑娘這聲大喊嚇跑了黑貓。

「啊……」瑠璃發出有些尷尬的驚嘆，轉身背對我。

「……他們不可能在國境附近埋伏。只有張泰嵐和玄國皇帝有可能會毫不猶豫地嘗試在缺乏遮蔽物的草原與敵方大軍交戰，一般人根本不會考慮這麼做。」

「所以他們可能打算引誘我們深入西冬──等我們無路可逃又疲憊不堪時才發動總攻擊。這的確是很常見的策略。」

「──……一般的確會採取這種做法。」

身穿道士法袍的姑娘雖然贊同我的說法，卻似乎無法接受。

看來是有什麼問題讓她不認為敵軍會這麼做……但我比任何人都清楚這種善謀略的天才總是會突然整理出結論。王英風就是如此。

她一定會在不久後找出「答案」。

我若無其事地對這位嬌小的姑娘講出機密。

「我打聽到一件不確定真假的事……聽說真正統治『西冬』的其實是深得阿岱信任的無名軍師。而且『四狼將』之一的『灰狼』也會前去助陣。」

「……軍師……？在這年頭？？那他們果然是在暗中盤算著什麼……」

瑠璃陷入深思。

我看著她認真思考的模樣，講出內心話。

「我個人是滿希望沒有指揮過軍隊的總指揮官會被『灰狼』嚇得臨時反悔……我可不想再碰上『四狼將』了。」

仍然清楚記得在敬陽郊外和我交手的「赤狼」阮古頤精湛的武藝。

和足以匹敵他的強將正面交鋒，絕對不可能安然無恙。

瑠璃一回過神，就以冰冷到令人毛骨悚然的眼神瞪著我。

「希望……往往會以失望收場。」

「就算如此，人還是需要希望吧？」

「……唔！你這麼說……或許有道理。不過……可是……可是……我——！」

短暫語塞過後，金髮姑娘眼中燃起熊熊烈火。

……在戰場上常看到這種眼神。

一個人曾經失去重要的人或事物，就會有這種滿是仇恨的怒火。

難不成這傢伙會這麼執著於「天劍」是因為——

「真是的，到底去哪裡了？」「隻影先生～」

「「…………」」

附近傳來白玲和明鈴的聲音。她們好像來找我了。

我對緊握著望遠鏡的仙娘說：

「先失陪了。謝謝妳的月餅。就麻煩陪陪那隻貓了。」

「咦？啊，呃……嗯……」

金髮姑娘抱起走回來的黑貓。

我在走了幾步之後回頭向她道謝。

「也謝謝妳的建議。希望妳以後也可以多和白玲聊聊。那傢伙是真的很高興能交到差不多年紀的朋友。還有我想請妳當軍師可不是隨便說說的喔。」

「…………」

身穿道士法袍的姑娘拿起揉成一團的紙袋，作勢丟向我。

我輕揮左手，要她先別激動。

「開玩笑的啦，只是玩笑。晚點見。如果妳有什麼新發現，記得告訴我。」

「……好。」

她沒有多說什麼，於是我走進大宅內。看見白玲和明鈴從走廊轉角走來。我舉手向她們打招呼，同時低聲自言自語道：

「我們得想想辦法才行。」

歷史上有無數即使人數占上風，最終仍然戰敗的例子。

何況我們的敵人是一名神祕軍師和「灰狼」。看來勢必會是一場苦戰。

白玲、瑠璃與我在五天後率領千名騎兵離開敬陽，出發前往會合地點——「安岩」。

＊

「隻影閣下！白玲閣下！你們來了啊！」

榮帝國西北方的小城鎮——「安岩」。

一名擁有暗褐髮色，肌膚黝黑的貌美青年——徐飛鷹站在明顯比敬陽小上許多的正門口迎接我和白玲率領的軍隊到來。他的長相和華麗軍袍格外醒目。一旁整齊站好的十幾名士兵似乎是南軍的精兵。

「飛鷹？不是已經開始進軍了嗎……？」「好久不見。」

我雖然倍感疑惑，還是先下馬，回頭看往後方。白玲也在不久後下馬。

我們在率領一千名騎兵前來的途中——

「主力已進軍『西冬』。張家軍殿後。」

收到副宰相親筆寫下的命令。

……他能要我們到這個地步，反倒讓人大開眼界。

但沒料到飛鷹會在這裡，因為打頭陣的徐家軍應該已經出發了。

我回頭向正在待命的庭破下令：

「你先帶我們的馬和士兵們去營地。照料好馬兒之後要喝點酒也無妨。瑠璃，妳留下來！」

「遵命！」「……知道了。」

庭破帶著屬下們跟著負責帶路的徐家軍離開。

連頭都用外衣蓋著的金髮姑娘也下馬來到白玲身旁。

我簡短詢問獨自留下的飛鷹。

「戰況如何？」

「很順利。你應該也知道西冬南部沒有較大的城鎮，只有幾座城寨和貧脊村莊，以及一望無際的大草原。正在進軍「蘭陽」的我軍目前也尚未遭遇敵襲。」

「尚未……」「遭遇敵襲？」「…………」

我和白玲對此感到疑問，瑠璃則是陷入深思。

原先預計全軍在「安岩」會合。

所有參戰將領也會齊聚一堂討論進攻策略。

在敬陽收到的那份皇帝親蓋龍印的詔書上就是這麼寫的，不可能是我們會錯意。

老爹雖然無法親自參與擬定策略。

他仍然想辦法與臨京的老宰相聯手安排能夠避免副宰相胡來的對策。

問題是……不諳戰爭的那位總指揮官似乎在看到約十五萬人的大軍後大為振奮，不顧我們和部分後勤部隊還沒抵達——

「不必等待遲到的軍隊，開始進攻！」

就如此命令大軍。

這當然是違反聖旨……但從他對老爹懷抱難以抹滅的敵意，以及絲毫不重視後勤的作風這兩點來看，似乎也不太令人意外。

十五萬大軍一旦開始進軍，就很難命令他們停下腳步。

飛鷹秀麗的臉龐顯露憂愁。

「……爹跟宇將軍也覺得不太對勁，才會命令我留下來待命，再向兩位報告現況。」

徐將軍應該也有苦衷。

榮帝國重視文官過於武官，即使是南軍元帥，大概也無法當面拒絕副宰相的命令。

畢竟沒人知道戰後會不會被副宰相找麻煩。

想必他是懷著悔恨、遺憾與必死的決心……才命令兒子留在此地。我們沒道理責備他。

我和白玲對彼此微微點頭，長年培養的默契在這種時候特別方便。

「……尚未遭遇敵襲。所以他們打算在蘭陽開戰……可是……」瑠璃則是仍然摀著嘴沉思。還是先不要吵她吧。

我拍了拍看起來很戰戰兢兢的飛鷹肩膀。

「抱歉，讓你久等了。我們是照著正式命令上寫的日期來的……但還真沒想到會另外收到一封寫著**『負責殿後的張家不需急著趕來，也不需參加戰前會議。我們會在你們趕來之前拿下西冬首府』**的信。」

當時花了一番工夫才讓白玲冷靜下來。

她氣得連我們搭小船渡過大河支流時，都在滔滔不絕地抱怨。

五官端正的青年表情一垮，接著告知我們詳情。

「……對不起。其實爹跟宇將軍也堅決反對提早進攻，但副宰相完全不肯退讓，連率領禁軍的黃北雀大人也贊成……」

「原來黃將軍也是副宰相那一派的……」

一陣乾燥的風吹過。白玲壓著被風吹起的銀髮，低聲說道。

這時——一直沉默不語的瑠璃突然提問。

「糧食跟水呢？有沒有被強行帶走，或是被弄髒？」

「呃，請問妳是……？」

飛鷹對金髮姑娘顯露困惑，用眼神向我尋求解答。

「她叫瑠璃，是我們的軍師，很熟悉西冬。」「她是個非常值得信任的人。」

白玲也立刻出面替她解釋。

她們或許是因為一路上連紮營時也一起過夜，感情變得相當融洽。

瑠璃撥弄頭髮，把臉撇向一旁，似乎是覺得害臊。

「……我只是負責帶路的。所以，糧食跟水怎麼了？」

仍舊略顯困惑的飛鷹向我們講述前線的情況。

「爹寄來的書簡上寫**『城寨和村落裡的糧食跟水都原封不動』**。而且皇上嚴命我軍千萬不可搶奪西冬百姓的糧食，因為**『我們應當懲罰西冬王及其同夥，而非百姓』**——我認為皇上說的很有道理。」

「「…………」」

我和白玲頓時陷入沉默。

這次進軍的確很順利，反倒覺得詭異。

我有預料到敵軍不會埋伏在國境附近，而是退居「蘭陽」。

而且應該會焚毀村落，讓我們較難在西冬國內得到糧食……但似乎不單純是我想的這樣。

「這下糟了……」

「怎麼了？」「瑠璃姑娘？」

金髮姑娘在這聲嚴肅的細語後，看向我們每一個人。

——她的右眼暗藏著深不見底的智謀。

「很簡單——」

一陣強風大力吹起沙塵與枯草。

也吹起瑠璃平時被瀏海遮住的左眼，她斷言：

「因為敵軍很肯定他們能夠打勝仗，甚至不需要特地去做引起民怨的事情。我猜他們大概打算……促成『煌齊同舟』，讓西冬的民心大幅轉向支持『玄國』。要等到榮帝國的大軍快抵達首府，他們才會有動靜。」

「「「…………」」」

一股沉重的沉默籠罩著我、白玲和飛鷹。

我學過基本的軍略，所以知道瑠璃這番話是什麼意思。

「煌齊同舟」是互為敵國的兩個國家基於相同目的，決定攜手合作的故事。

我們現在多少看得出玄國有什麼打算。

他們打算等我方進軍到無法立刻撤離敵國陣地之後，再派騎兵截斷後方的補給。

之後可能會刻意迴避在郊外交戰，甚至直接守在首府。

一批大軍在物資本來就不容易送達的異地遭到敵軍斷糧，會做出什麼事情？

若不是由特別擅長帶兵的人來指揮……他們也只能在當地搶劫。

屆時──因為知道榮帝國與西冬曾是長年盟友，而對「榮國」沒有任何恨意的百姓們就會完全轉為支持「玄國」。

這會導致……西冬與玄國澈底合而為一。

如果這個計策是那個神祕軍師想出來的，他就會是個超乎想像的強敵。

白玲顯露愁容，低聲詢問瑠璃。

「西冬王是怎麼想的？他不介意服從『玄國』嗎？」

「那男人不過是個幌子！掌控整個西冬的其實是──……」

總是冷靜沉著的金髮姑娘突然大喊，但很快就發現自己太過激動。

她低下頭，老實向白玲道歉。

「……對不起。總之，我認為榮帝國不想些對策就直搗首府太危險了。」

「隻影？」「隻影閣下？」

「……八成是瑠璃說的那樣，感覺真的不太妙啊。」

張家與徐家的下一任當家一同詢問我的意見，我喝了口水壺裡的水。

溫水竄過了喉嚨。

……如果今天只有我們這批一千人的軍隊出征，倒還有辦法。

物資是能帶多少就帶多少，也安排好方便從敬陽前往安岩的後勤路線了。

尤其我們有王明鈴在敬陽處理這些事情。

問題在於逐步落入陷阱的中軍。

假如敵方軍師真的打算採取瑠璃說的計策，榮國大軍在蘭陽可說是毫無勝算。

十萬西冬軍失去他們的祖父母、父母……或是孩子之後會有什麼想法和反應，並不難猜。我們很有可能會無法保住唯一勝過敵軍的「人數優勢」。

我閉上眼，抓亂自己的黑髮。

「……飛鷹，你會馬上回去前線吧？」

「啊，對！我會立刻趕過去。」

「替我們轉交一封信吧。」

察覺我想怎麼做的白玲搶先把這句話說出口。書簡上寫著張白玲的名字，徐將軍一定會看。

我點點頭——和戴著藍帽子的姑娘四目相交。她一臉嫌惡，似乎已經猜到我想說什麼。

「還有——你順便帶瑠璃過去，讓她把我們剛才說的那些話轉告給徐將軍。他應該聽了就會理解。」

「好、好的！謝謝你。」

「……你就不先問我願不願意去嗎？」

飛鷹激動得臉頰通紅，瑠璃則是眉頭皺得愈來愈緊。

我笑著把裝了些銀子的小袋子塞給她。

「這也是帶路人的工作，而且是妳看出了敵軍會採取什麼計策。路上應該會用到錢，把這些錢用光也無妨。」

「——……你這個人真討厭。」

瑠璃心不甘情不願地收下袋子，接著勸告白玲：

「張家的大小姐。雖然可能為時已晚……但我覺得你們還是重新教育他比較好。」

「對不起，我也常常這麼想……不過實在太棘手了。」

「……喂，妳們兩個。」

「怎樣？」「有事嗎？」

「唔……」

我不敵兩位貌美姑娘的威脅，無法吐出半句反駁。

徐飛鷹在愣了一會兒後，神情也變得沒那麼緊張。

「那麼，隻影閣下，祝您武運昌隆！」「好，彼此彼此！」

我們握拳輕敲彼此的拳頭之後，這位俊美青年就開心地跑回去和屬下會合了。

我在瑠璃準備走去找他時——

「對了。瑠璃，我想再拜託妳一件事。」

出聲叫住那道嬌小的背影。

仙娘沒有回過頭，而是舉起左手說：

「你想拜託我看看路上城寨有沒有投石器吧——沒問題。如果有被棄置的投石器倒還好……假如沒有——」

她沒有把話說完，便踏步離去。

假如沒有投石器，就表示敵軍是刻意撤回首府。

我吐出一口氣，輕推青梅竹馬的背。

「我們也快走吧。還得寫封信讓瑠璃轉交給徐將軍呢。」

＊

「那麼，我去剉剉敵軍最後方的銳氣。這裡就交給你了——王英風。」

我駕馬回頭對皺著眉頭的好友笑道。

當時還很年輕，應該還不到二十五歲。

我們人在一片遼闊的大草原。我方隨風飄揚的軍旗上寫著「煌」。

——……喔，看來我在作夢，真懷念。

王英風猛力抓亂頭髮，不悅地回答：

「這還用你說，我當然會做好自己的工作——……皇英峰，百姓們的糧食——」

「我們沒去搶，唉，之後大概會聽到其他將軍來埋怨吧。」

在敵國燒殺擄掠是亂世常見的手段。

我們這種「強搶百姓格殺勿論」的做法反倒才是異類。

和我一同擬定軍中基本規範的王英風說：

「希望皇上——飛曉明能夠貫徹王道，而不是沾滿無力百姓鮮血的霸道。」

「我也這麼想。」

我可不想看到……出身農民的我們一得到權勢，就開始壓榨百姓。

好友提起他的苦惱。

「我知道搶奪敵國百姓的物資是非常省力的捷徑。但我們總有一天得治理這片土地，要是欺凌百姓——」

「未來苦的終究會是我們。有道理。」

銅鑼響起，大軍開始行進，身為大將軍的我也該出發了。

我拉動馬首——

「嗯？那如果是敵軍搶劫百姓呢？」

問起突然浮現心頭的疑惑。

這讓王英風大嘆一口氣。

「……唉，一談到與戰場無關的事情，你的腦袋就會變得如此遲鈍。」

「少、少囉嗦！全天下也沒人腦袋會比大名鼎鼎的大丞相靈光吧……所以會怎麼樣？」

我藉著大吼掩飾害臊，要他趕快回答。

大丞相微微顯露笑意，揮動羽毛扇。

「大將軍，這很簡單。只要做你平時做的事情就好。不需要——再多做什麼。」

「……啊？什麼意思——……」

＊

「唔……」

我緩緩從夢中清醒過來。

……有人在摸我的頭？

睜開眼──

「──……啊。」

我在透進帳篷的晨光之下，與坐在小凳子上的白玲對上眼。

已經換好衣服的她，將右手放在我的頭上。

……奇怪？這傢伙怎麼會在我這邊的帳篷？？

我或許是把內心話寫在臉上了，這位銀髮的青梅竹馬立刻將手收回自己胸前，噘著嘴說：

「……因、因為…………我們昨晚也沒說上話……」

「喔～原來如此。」

現在有其他士兵和瑠璃在，所以我們自從離開敬陽，就沒有像以往那樣在睡前聊天。

她大概是想趁四天前和徐飛鷹一同趕赴前線的那位金髮姑娘回來之前，多騰些時間來找我。

張白玲乍看是個冷靜沉著又完美無缺的千金大小姐，但同時也很怕寂寞。

而且不忘遵守老爹的教誨。

她分了一些糧食和藥給當地百姓，再加上軍隊是在野外紮營，一路上都非常順利……我坐起上半身掀掉被子，伸手輕拍銀髮姑娘的頭。

「……唔～」白玲聽起來不太開心，同時站了起來。她的脖子紅通通的。

「──……早安。」

「早、早安。」

她似乎想把剛才那些事情當作全沒發生過。

我苦笑著拿起放在床頭的「黑星」時，白玲也遞出一塊布。

「好了，你快點準備一下。我們今天要來晨練。」

「好～」

白玲好像是想暫時以此代替睡前聊天。

我用附近水桶裡的水沾濕手上的布，在洗完臉以後刷刷牙。

很慶幸這次進攻路途上意外有豐富的水可用。

村子裡的老者說這附近的水來自大河，連乾季都不會缺水。

「……你的夢話。」

白玲一邊迅速收拾我的被子和凳子，一邊向我搭話。

我漱漱口，擰乾手上的布。

「聽起來好像很開心……在夢裡跟你說話的是誰？」

「有嗎？嗯……我們正在行軍，大概是有點累了吧。」

我刻意撇開話題，走往裝著衣服等東西的背囊。

這次行軍是沒多累，只是——

「其實啊，我是皇英峰轉世！」

……不行，一定會被擔心是不是腦袋出問題。

我從背囊裡拿出衣服。

「啊——……白玲姑娘啊。」

「怎麼了？」

這位貌美的姑娘瞇細雙眼，眼中滿是猜疑。

附近傳來細細的風聲和鳥鳴。

「沒事，我馬上換好衣服，妳先去外面一下。」

「——……我不介意，而且都住一起這麼多年了，有什麼好在意的？」

當然會在意啊！

我們小時候的確會一起泡溫泉。

……不過！至少我們十三歲分房睡以後，就不曾一起泡澡了！

我對絲毫不打算離開的銀髮姑娘大力揮手。

「我會在意啊！快點出去！」

「……真拿你沒辦法。」

白玲這才終於心不甘情不願地走出去。

……看來要找個理由讓她能在睡前來找我聊天比較好。

我在換好衣服之後走出帳篷。

草原上的朝陽好刺眼，現在應該——才剛日出。

雖然不至於有寒意，但天上的雲飄得很快，說不定會下雨。

偶爾還能聽見從附近看守的騎兵那邊傳來的嘶鳴聲。

我們行經的路上就如瑠璃所說，只有一些不只沒有城牆，甚至連個土牆都沒有的貧脊村落。

不過還是不能疏於警戒。

畢竟即使看起來再怎麼和平，我們仍然身處敵國。

我向在附近的白玲道歉。

「讓妳久等了，我們走吧。」

「…………」

她不發一語地走到我身旁，那雙藍眼中顯露些許怒火與強烈不滿。

白玲用她纖細的手指指著我的鼻子。

「……你要知道，我們即使殿後，但也已經身處敵陣。居然沒發現有人走進你的帳篷，實在太沒戒心了。」

「會嗎？可是──」

「……怎麼樣？」

我雙手環著後腦杓，往紮營地外頭走去。

我沒有回頭看向跟在後頭的那位姑娘，直接坦白：

「反正進我帳篷的是妳，也不需要有戒心吧？」

「…………隻影這個傻瓜。」

她捶了我的背後好幾下，看來終於消氣了。

白玲踩著輕快腳步走到我面前。她一個轉身，銀髮隨之飄逸。

腰上那把「白星」也發出碰撞聲響。

「好了，我們得趁大家醒來之前趕快開始鍛鍊喔。你先來。」

「好好好。」

我稍稍拉開距離，閉上雙眼。

——腦袋逐漸清晰起來。

隨後睜開雙眼，拔出「黑星」！

我隨心所欲地不斷、不斷、不斷揮舞漆黑劍刃。

最後改以雙手握住劍柄，踏步揮出全力一擊！

這一劍產生的強風吹過草原，也吹散了茂密綠草上的朝露。飛上天空的水滴在晨光之下化作閃閃光輝。

「很好，接下來換妳了。」

我將「黑星」收進劍鞘，對白玲閉起一隻眼睛。

凝視著我剛才那段劍舞的白玲緩緩回答：

「知道……了。」

她閉起那雙藍眼，集中精神。

張白玲用紅色髮繩豎起美麗的銀色長髮，身穿純白色的軍袍。

——真是美如畫呢。

白玲將手放上劍柄——

「喝！」

在氣勢驚人的吆喝聲中揮劍橫掃，再接著往上揮砍。

劍刃閃過一道純白色的閃光，速度愈來愈快。

白玲的劍舞不同於我，非常華麗且迅速。

先前在敬陽的那一場仗，似乎也讓她的實力更上一層樓。我不禁露出笑容。

白玲在最後壓低身軀，用雙手使出一記戳刺——

「呼。」

接著大吐一口氣，動作優雅地將「白星」收入劍鞘。她額頭上的汗水反射出耀眼光芒。

我拍手鼓掌，扔出從懷裡拿出來的擦汗布。

「妳好像用那把劍用得很熟練嘛。之前說拔不出來是不是錯覺？」

用雙手接下布的白玲鼓起臉頰，開始碎唸。

「……才不是沒拿好。你別老是調侃我……呀！」

「哎呀。」

一陣強風把地上枯草吹得漫天飛舞。

我立刻跑到白玲身邊摟住她。

「——……啊。」「妳沒事吧？剛才那陣風滿強的。」

我對懷裡的姑娘這麼說完，才放開手。

隨即——

「唔～！你……你這個人怎麼總是這樣！你、你突然做這種事情會嚇得我不知所措！你、你要考量到我的心情啊！！！！！」

白玲出聲抱怨，用小小的拳頭捶打我的胸口。

「好痛！這樣很痛啦！我哪有什麼辦法！我也是回過神來才發現自己的身體動起來了啊。」

「咦？你、你的意思是……那個…………」

「——……咳。」

「「唔！」」

一道聽起來非常刻意的咳嗽聲。

我和白玲一同看往周遭，才發現披著外衣的瑠璃正面露開心笑容看著我們。

「我是不是……打擾到兩位了？」

瑠璃想必是連夜騎馬趕回來的，神情明顯透露出疲憊。

那雙翠綠眼瞳當中存在著對情勢的緊張與憂心。

「辛苦妳了。」「辛、辛苦妳了，瑠璃姑娘。幸好妳平安無事。」

白玲跑向那位金髮姑娘，牽起她的雙手。

仙娘顯得有些害臊，卻也沒有甩開白玲的手。她對我說：

「我先告訴你們現況，目前徐將軍和宇將軍已經在鄰近首府的廢城寨布陣。他們正在等待中軍抵達，最快幾天內就會開始攻打蘭陽。」

離首府已經近在咫尺……敵軍應該差不多要有動靜了。

我詢問白玲抱在懷裡的瑠璃：

「徐將軍說了什麼？」

「他很認真聽我說，沒有當耳邊風。還說會幫忙轉告宇常虎……不過──」

瑠璃的右眼顯露出她的憤慨與無力回天。

看來即使是「鳳翼」和「虎牙」，也無法在一朝一夕之間改變瀰漫全軍的樂觀氛圍。

戴藍帽子的姑娘瞇起雙眼。

「還有我在路上有聽到你們的傳聞：『大名鼎鼎的張將軍連他年輕的子女都是如此令人敬佩。聽說他們還分了一些糧食和藥給貧窮的村子呢。』──自古以來，真正受人尊敬的將領一向都不會折磨百姓，而是善待百姓。很少有人能夠仁慈到連在敵國都能像古代的皇英峰那樣。尤其南部因為沒有商人會經過，比北部貧脊許多……你們的傳聞大概很快就會傳遍整個西冬了。」

「謝謝，因為我爹總是這麼教導我。」

瑠璃的話語讓白玲嶄露笑顏。

「只要做你平時做的事情就好。」

……飛曉明、王英風。你們知道我當年的想法傳承了一千年嗎？

我頓時感到些許感傷。這時，戴著藍帽子的姑娘掙脫白玲的擁抱，伸了個懶腰。

她走向帳篷，甩了甩小小的手。

「……那我先去睡一會兒了。」

「了解。」「真的很謝謝妳的幫忙。」

即使騎的是特別厲害的駿馬，要從蘭陽趕來殿後的我們這裡也至少要三天。

但瑠璃這趟來回只花了四天，想必一路上犧牲了不少睡眠。

回到敬陽以後得好好答謝她才行——那道嬌小的背影忽然在途中停下腳步。

接著回頭看向我，她的雙眸冰冷得令人毛骨悚然。

——感覺一陣寒意竄過背脊。

「他們撤走了所有城寨的投石器，連武器和甲冑都一個不剩。這種將多餘戰力集中的做法，也是史上唯一的大丞相——王英風偏好的策略。敵方軍師說不定是打算澈底效仿『王英風』。」

＊

「以上——就是我的計策。」

西冬首府，「蘭陽」。

赫杵先生沉靜又滿是自信的嗓音響徹了無主王宮內的謁見堂。

我不禁雙手握拳，和一旁的義先頷首相視。

「引誘偽帝麾下的大軍毫無戒心地深入西冬，再殲滅後方後勤部隊。」

軍師先生的計策必定能拿下勝利。

不過……我們「狼之子」也不是省油的燈。

即使敵軍人數占上風，我們也不會有任何人沒自信摺倒他們。

這一仗——我一定會澈底擊潰榮國大軍，讓我「灰狼」叟祿博忒與「灰槍騎兵」的名號轟動天下！

所有將軍一同敲響甲冑，散發強烈鬥志，拿著羽毛扇的軍師先生也笑道：

「感謝在座的各位苦撐至今。我們——長久放任過去背叛先帝與玄帝國，自稱『皇帝』還恬不知恥的無禮之徒及其麾下愚民在外撒野，是為了什麼？」

外頭傳來陣陣強烈雨聲，看來連上天都選擇眷顧我們。

赫杵先生大力揮動羽毛扇。

「一切——全是為了拿下勝利！讓偉大的『天狼』之子阿岱皇上威名遠播，名震天下！」

感覺心臟一陣熾熱，渾身顫抖。天底下還有什麼事能夠比這更加光榮呢？

想起那位還來不及見到阿岱皇上一統天下，就命喪敬陽的好戰友。

阮古頤，我和義先一定會為你報仇雪恨！

軍師先生面露微笑。

「我——此次獻計，正是希望能夠助各位一臂之力。『灰狼』叟祿博忒閣下，接下來就由你來引領我們成就這項大業吧。」

「是！！！！！」

我走上前，轉身面向諸位將領。

每一位將軍眼中都燃起驚人鬥志——沒問題，我們贏定了！

「你們都把軍師先生的話銘記在心了嗎？我們今晚——立刻趁著風雨率兵前往蘭陽。」

我拔出短劍，插進桌上的地圖。

「待黎明時分——就對敵方後勤部隊發動猛攻！屆時方能逼迫敵軍主力於郊外作戰，再一網打盡。」

我先是和身旁的赫杵先生與揹著漆黑巨劍的義先相視——接著大聲吆喝：

「**出征了！！！！讓我們為阿岱皇上打場光榮的勝仗吧！！！！！**」

「**喔喔喔喔喔喔喔喔喔喔喔喔喔喔喔！！！！！！！！！！！！**」

諸位將領齊聲叫吼，一同離開謁見堂。

我也收起短劍，交碰雙拳。

「軍師閣下！就請您靜候佳音了！」

「萬事拜託了……義先閣下。」

軍師先生仰望我軍最強的勇士。

他的神情透露出擔憂，大概是想談義先自告奮勇攬下的重責大任。

「我是信任您，才會同意您偷襲替敵軍殿後的少數精兵『張家軍』。若能成功拿下他們，勢必可以重挫敵方士氣，但不曉得張泰嵐那對殺死阮將軍的子女是否也在其中。還請您別太過勉強自己，我們的決戰需要『黑刃』的力量。」

「………………」

一道巨大閃電照亮了義先左臉上的傷疤。

我軍最強的勇士深深低頭致意。

沒問題，義先絕不可能大意，他一定會帶回捷報。

雖然我和「灰槍騎兵」必須攻打其他部隊，無法同行……但我絲毫不擔心。

因為這世上不可能有人擋得下戰場的「黑刃」。

我和我這位玄國最可靠的劍術師父兼副將交碰拳頭，再接著對赫杵先生笑道：

「倒是……還真沒料到真的會下雨啊。看來我們也不能太小看那位『高人』的猜測。」

「……這實在弔詭。」

外頭再次竄過閃電與雷鳴。

軍師又更加謎細了他的雙眼。

「人不可能操控天氣。她或許是用了某種障眼法。不過就好好利用吧……尤其我們與榮帝國決戰之時，也需要這股力量。」

＊

當天早晨──一走出帳篷，便看見我們選在村子近郊的紮營地受到一片白霧籠罩。

大概是因為昨晚下了場雷雨，明明看得見太陽，卻完全看不見遠方。現在應該除了負責站崗的人以外，都還沒起床。

「隻影，不准你獨自去鍛鍊喔。」

白玲端正的臉龐閃過腦海……我只是要散散步罷了，嗯。

──瑠璃回來我們這裡三天了。中軍似乎也已經順利和帶頭的部隊會合。

不曉得他們會直接進攻「蘭陽」，還是與「西冬」交涉。

飛鷹在寄來的信上說他們仍然爭論不休……甚至應該為此做決定的林忠道只顧著和他從臨京帶來的眾多女子夜夜笙歌。

現在是多虧老宰相苦撐著避免物資不足，才沒有傳出士兵搶劫百姓的風聲。這或許算是不幸中的大幸。

後勤部隊大多已受命前往最前線，只剩下我們張家軍殿後。

……如果敵方軍師真的就如瑠璃的猜測，是在效仿王英風的計策──

正當我想著一些很觸霉頭的事情時，傳來一道腳步聲，接著就看見庭破從晨霧當中走來。

他的頭盔跟甲冑都是濕的，剛才說不定是自行在紮營地附近巡邏。

我微微舉起手打招呼，使得這位青年武將驚訝地向我敬禮。

「哎呀……隻影大人，您早！」

「早，我不怎麼睏，就出來走走了。有沒有什麼狀況？」

「沒有，只是有些士兵很疑惑我們究竟該待命到什麼時候。」

「他們會這麼想很正常。我是很想回答……但現在也只能說『我們也不知道』。」

我拿下沾在瀏海上的草，跨步向前。腰際的「黑星」隨之作響。

走著走著，周遭也漸漸被陽光照得愈來愈亮——

「嘿，妳也起得滿早的嘛。那傢伙沒跟妳一起來嗎？」

「…………」

這陣子和白玲睡同個帳篷的瑠璃站在一棵孤伶伶的樹下。

她手上拿著摺起的傘和望遠鏡，和往常一樣戴著藍帽，身穿道士法袍再披件外衣。

似乎已經在這裡很久了，那頭金髮與翠綠的眼瞳散發著憂愁光輝。

「……我只是不覺得睏而已。白玲還沒起床。而且她睡覺還會抱著我，害我很不自在。」

「抱歉，我妹妹給妳添麻煩了。」

「妹妹？我聽白玲說如果真要分，你比較像弟弟耶？」

「我跟她對這件事沒有共識。」

我苦笑著低頭向瑠璃打招呼，並走到她身旁。

原本一望無際的草原，如今已被整片猶如大海的白霧吞噬。

「昨天下了場好大的雷雨……這個時節的『西冬』常常這樣嗎？」

一陣風捎來仍然濕潤的土壤氣味。

瑠璃用小小的手摀著金髮說：

「以往很少下雷雨。一年通常只會下幾次雨，甚至什麼時候會下也沒人知道。唯一可以知道的就是──」

「就是？」

我在這麼問的同時瞭望前方。

剛才好像有聽到微弱的馬嘶聲？

瑠璃一臉嫌惡地搖搖頭。

「──……沒什麼。總之，應該不會再下那麼大的雷雨了。」

「了解。庭破，去叫正在站崗的士兵交接……」

就在我正打算下令時──

震耳欲聾的嘶鳴和嘶吼衝破晨霧，傳進我們耳中。

「喔喔喔喔喔喔喔喔喔喔喔喔喔！！！！！！！！！！！！！」

「「「唔！」」」

無數咆哮與朝著我們疾馳而來的馬蹄聲簡直是轟天巨響。

我立刻拔出「黑星」。

從晨霧裡衝出來的，是身穿紅色頭盔與輕型甲冑的騎兵。

居然是「赤槍騎兵」！

「殺！」

懷著強烈敵意的敵軍以驚人的速度刺出長槍，敵人的目標是瑠璃！

我的身體擅自動了起來，直衝到金髮姑娘面前。

一劍把長槍砍成兩半，再往反方向劃開衝過我身旁的騎兵身軀。

飛濺的鮮血尚未落地，另一名騎兵就被我的飛踢踹下馬。

我把彈飛的長槍扔向其他騎兵，在長槍刺穿對方身體的同時落地。

接著頭也不回地大聲喝斥那位金髮姑娘。

「傻瓜！別呆站在那裡，快點逃！庭破，去叫所有人起床，帶他們應戰！我幫你拖住他們！快走！！！！！」

「唔！我、我當然……知道！」「……遵命！」

看到終於回神的金髮姑娘和青年士官奔跑離開，我才環視起周遭。

晨霧正逐漸散去，也逐漸能夠看見有眾多騎兵——大約一百人左右，已經在有段距離的地方將我們團團包圍。幾乎所有人都是紅色頭盔和甲冑，看來是倖存的「赤槍騎兵」。

其中一人用長槍指著我，高聲咆哮。

「張隻影！！！！！！！！！！！！！！」

敵軍騎兵同仇敵愾，神情恐懼地接連將箭矢放上弓弦。

他們似乎不打算接近我。

我重新握好劍柄，毫不畏懼地笑道：

「哼……看來我也變得滿有名了嘛。」

敵軍騎兵忽然一陣騷動，虛張聲勢在戰場上是很有用的招數。

——榮國大軍目前無疑是陷入了絕境。

居然連殿後的我們都會遇襲。

現在很可能所有後勤部隊都面臨敵襲。

……明明瑠璃都及早看穿敵軍的伎倆了！

眾多騎兵當中一位看起來是隊長，而且獨臂的老騎兵高舉長槍，其他騎兵隨即拉弓。

要獨自應付這麼多人相當吃力。

而且至少得活到白玲能夠率兵應戰的那一刻。

就在我下定決心面對一場苦戰時，身後傳來幾聲激動的吶喊。

「少爺，您別衝動啊！」「快保護隻影大人！」「拿好盾牌！」「放箭！」

十幾名沒有穿好甲冑的老兵們匆忙趕來。

他們立刻架好盾牌，射箭牽制敵軍。

「唔！」

敵軍暫時退開，實在不像成功偷襲我們的軍隊會有的反應。

我向應該才剛睡醒不久的士兵們抱怨：

「……我其實比較希望你們去保護白玲啊。」

「這是白玲大小姐和庭破大人的命令！」「請您珍惜生命。」「其他部隊也已開始應戰。」

「敵人人數不多，只要能夠重振旗鼓，就沒什麼好怕的了！」

真不愧是活過敬陽那場地獄攻防戰的人，簡直天不怕地不怕。

我在暗自感到驚訝的同時接過強弓和箭筒。

「真受不了那個大小姐，晚點得好好唸她……才行！」

「～～唔！」

我射出的箭直接射穿盾牌與敵軍的身軀。敵方的老隊長臉色一沉，大聲叫吼。

隨後，敵軍便分散成衝鋒隊與負責掩護的弓兵隊。

即使失去「赤狼」這個大將……他們的「獠牙」依然銳利。

我一手拿著「黑星」，準備迅速射出數支箭矢——

「你說誰要唸誰啊！」

銀髮藍眼的姑娘一駕著白馬現身，就對著我大罵。

她沒有用髮繩束起長髮，一手拿著弓，腰上掛著「白星」。

白玲在箭雨當中以出色的騎射技巧牽制敵軍，並在來到臨時陣地後停下白馬。

接著立刻下馬來到我身旁。

我開口責備白玲，但也不忘隨時注意敵方動靜。

「……妳應該要負責指揮張家軍啊。」

「我不要，已經託庭破代我指揮了。」

「唉！怎麼每個人都這麼想急著送死啊！」

我同時射出三支箭，射下三名騎兵。

敵軍立刻放箭反擊，數十支箭矢插進了附近的盾牌。

「你別忘了！」

一樣正對著敵軍射箭的白玲沒有轉頭望向我，就這麼毫不害臊地接著說：

「『這裡』才是我在戰場上應該待的地方，不容許任何人反駁！」

待在獨臂老隊長附近的敵方騎兵滿臉憤怒，衝進弓箭的射程內。

「妳真是傻得無可救藥！」「再傻也沒有你傻！」

我們同時射出箭——也同時精準射穿了敵人的心臟。

「喔喔喔喔喔！！！！！」「唔！」

我方士氣明顯振奮許多，敵方士氣則是開始動搖。

希望他們能夠知難而退——此時感受到一股令人難以置信的恐怖寒意竄過背脊。

「白玲！你們也快撤退！！！！！」「咦？」

我立刻抱起白玲盡全力跳往後方，並對在場的士兵們大喊。

隨後——來不及逃的士兵們便連同盾牌一起被一支天外飛來的長槍打飛，重摔在地。

「什麼！」

白玲與經歷過地獄之戰的強者們全都不禁啞口無言。

我放下愣住的白玲，對倖存的士兵下達簡短的命令。

「……你們馬上帶白玲離開這裡。」

然後握緊愛劍——向前邁進。

「隻、隻影！」

我沒有餘裕理會呼喚著我的白玲。

敵方隊伍向左右分開，讓一名黑髮黑眼，手裡拿著漆黑大劍的將軍騎著巨馬上前。

他全身黑色裝扮，左臉有一道大刀疤。

……沒錯。

他一定就是剛才擲槍打飛我方盾牌和士兵的人。

男子一從巨馬上下來，便大步邁進，並把巨劍扛在肩上。

這傢伙是個怪物。

想必就算派出幾十名士兵，也不一定能夠攔下他。

不想辦法爭取時間，我們所有人都會沒命。

敵軍開始大喊：**「義先！義先！義先！」**

「…………」

敵軍將領面無表情地揮舞巨劍，產生轟然巨響——不久停下了動作。

並接著以銳如刀刃的眼神看向我，報上自身名號。

「『黑刃』義先。」

「……張隻影。」

我一報上姓名，這位懾人的武將便吊起眼角，發出哼哼笑聲。

下一瞬間——我用「黑星」接下了他伴隨著低吼揮下的巨劍。

兩把劍碰出火花，吹散周遭白霧。

義先咧嘴一笑。

「——……有趣。」

「唔！！！！」

他的攻擊是超乎想像的沉重與迅速。

我的愛劍與大劍的每次碰撞，都會奏出宛如哀號的金屬樂音。

如果拿的不是「黑星」，想必連第一劍都無法擋下。

但我仍然無法化解他不可理喻的強勁力道，每被逼退一步，就會有一陣痛楚傳遍全身。

勉強架開敵方將領這一連串簡直像是怪物的攻勢，並在藉由一記橫掃拉開彼此的距離之後，

問道：

「你……究竟是何許人也！為何會率領『赤槍騎兵』？而且看你這不凡的身手……也是『四狼將』之一嗎？」

「…………」

敵軍將領不發一語，立刻將巨劍化作長槍直直刺向我。

令人難以置信的是……他這一記戳刺經過的地面竟然掀出一道痕跡。

人怎麼可能有這麼大的力氣？

「你連和我……聊天的興致……都沒有啊！」

要是嘗試躲開——就會喪命。

即使我改以雙手持劍，試圖架開他的攻擊——

「唔！」「厲害……但受死吧！」

一道比剛才的每一次交鋒都更加響亮的金屬聲響起，而我也在同一時刻遭到打飛，在不久後摔落地面。

義先隨即轉身準備再次突擊。好快！

「絕不會讓你得逞！！！！」

白玲藉著大喊劃破周遭的凝重空氣，前來介入我們的對決，並對義先射出好幾支奔箭。

義先迅速揮了一劍。這次完全出乎他意料的奇襲絲毫沒有奏效，只見砍成好幾截的箭矢接連落地。

——不過，白玲懷抱必死決心的奇襲，卻也讓整座戰場的氣氛頓時變得截然不同。

我方士兵效仿白玲拉弓反擊，敵軍也架起長槍與弓。

義先則是瞪著我和白玲，咧嘴說：

「……招致災禍的銀髮藍眼女子……妳是張泰嵐的女兒吧。」

「「…………」」

我們沒有回答。

戰場陷入奇妙的膠著——直到聽見一聲明顯顫抖的大喊。是瑠璃！

「瞄、瞄準……穿黑衣的將軍！！！！放箭！！！！！！！！！！！！！」

「什麼？」

尖銳巨響與火藥陌生又獨特的氣味。

面色蒼白的瑠璃一聲令下，士兵們拿著的十幾支「火槍」便發出射擊聲響，竹筒內的小石子也隨之從旁射向義先，順利讓用巨劍防禦攻擊的他受了一些小傷。

「敵軍人數不多！先包圍他們，再逐一殲滅！保護好雋影大人和白玲大人！」

庭破這聲大喊過後，騎兵們接連衝來保護我和白玲。

這使得敵軍略顯動搖，義先在退開之後大力敲響巨劍。

「……………下次我一定會要你們的命，撤！」

眼前的怪物冰冷的眼中滿是激憤，他隨即騎上巨馬，開始撤退。

他們正逐一帶走戰死的士兵，然而我們卻無法展開追擊——……因為動彈不得。

一直到敵軍消失在地平線上，我才終於吐出一口氣，收起「黑星」。

「——……呼。喔？」「雋影！」

白玲扶住差點癱軟倒地的我。

我對眼眶泛淚的她坦白。

「……真是大開眼界，沒想到這世上會有那種怪物。妳應該沒事吧？」

「………對。」

白玲的身體在顫抖。

我在站穩腳步之後看向她，發現她已經流下淚水，並小聲說：

「……對不起。我……沒辦法就近幫你。明明應該保護好你……」

「傻～瓜。」

「唔！」

我用手指輕彈她的額頭。

「如果妳沒來救我，我早就死了。謝謝……妳又救了我一次。」

「……傻瓜。」

白玲低下頭，把頭倚靠在我胸前。

正準備伸手摟住她的背時——才發現士兵們都在看著我們。

「少爺，您這時候應該抱住她吧？」「兩位不用介意我們的眼光！」「是啊！是啊！」

「你、你們很煩耶！快去幫傷兵包紮，還有確認我們受到多少損害！」

「遵命！」

士兵們非常端正的敬禮後迅速離去……我其實很不想讓任何人戰死，但世事總是難料。

白玲抬起頭開口：

「幸好有瑠璃姑娘在，『火槍』看來很有效。」

「是啊，不過問題就在它很脆弱。」

「火槍」前端的竹筒已經燒得焦黑，破爛不堪。

我們已經用完現有的火槍，不認為改良後的火槍來得及送來戰場。

我轉頭看向金髮姑娘，想向她道謝。

「嗯？」「瑠璃姑娘？」

「…………」

瑠璃愣在原地，眼睛直望著義先撤退的方向，雙手緊握著望遠鏡。

而且面色蒼白，渾身發抖。

看起來不太對勁。

「「…………」」

就在我們準備起身走去瑠璃身邊時——她忽然激動喊道：

「……黑髮黑眼，左臉有刀疤，扛著血跡斑斑的巨劍……他是……他是！！！！」

「「唔！」」

隨即抱頭蹲下，啜泣起來——

「啊！」「危險！」

我們兩個連忙去攙扶差點跌倒的瑠璃。

……她好像昏過去了。

「……對不起……對不起，爹、娘、姊姊……我要替大家報仇……」瑠璃仍然不斷流著斗大的淚珠，嘴裡還說著夢話。

一陣暴風捲起了敵我雙方的鮮血。

——「禁軍後勤部隊遇襲，損害慘重。」

我們張家軍在隔天夜晚收到了這則消息，以及進軍最前線的命令。

第四章

「啊……唔……啊……」

我在和朝霞姑娘討論完要事之後回到書房，看見我那位可愛的主子——王明鈴大小姐正趴在桌上哀號。那栗褐色的兩條小馬尾也隨之晃動。

在張家住下來的黑貓正在玩弄放在椅子上的那頂帽子。畢竟敬陽才剛下完一場大雨，牠或許是想找個地方取暖。

我摸了摸黑貓，把文書放進寫著「未完成」的木箱當中。

文書的內容——似乎和「增派小船」與「試作改良火槍」有關。

「我回來了。明鈴大小姐，您怎麼在休息呢？」

大小姐將端正的臉龐轉向我，但臉頰仍貼著桌子。

「妳又送新的文書過來了？……太壞了！妳覺得這樣欺負因為每天都見不到隻影先生而痛苦萬分的可愛主子很好玩嗎？」

「對，很好玩。」

「唔唔唔……」

大小姐再次抱頭哀號。

平時很少看到大小姐這麼無精打采……想必是因為她心愛的隻影先生和少數的友人——白玲姑娘與瑠璃姑娘都前往戰場了。

我輕輕遞出一份書簡。

「——……那是～？」

「是從臨京寄來的。代為掌管王家的人希望您儘早返回都城。」

老爺和夫人成立王氏商會，並親自讓王氏商會成為榮帝國數一數二強勢的大商家，但他們一年之中有超過半年都不在都城。

老爺和夫人不在時，就會由年僅十七歲的明鈴大小姐掌管王家。

我壓著被吹進書房內的風吹起的黑髮。

……這陣風和已不復在的故鄉的風截然不同。

大小姐在我沉浸於感傷時，坐起了身子。

「我還要很久才會回都城，至少得在這裡待到隻影先生他們平安歸來才行。」

「明鈴大小姐。」

我將自己的手放上這位可愛的主子手上。

——她的眼中藏著一股強烈意志。

「我絕對不會提前回去，而且臨京的空氣吸久了感覺對身體不好呢。」

畢竟現在的臨京似乎因為長年的繁榮，導致有不少地方逐漸腐化。

據說這次有勇無謀的進攻，也是源於老宰相與副宰相的權力鬥爭。

……明明受到外敵威脅卻仍然不放棄內鬥這一點，簡直就像我的故鄉。

看來即使相隔一座海洋，人的本性也終究如此。

「明白了，我們晚點再一起想想該怎麼回信吧。老爺和夫人也一定能夠諒解您的。」

於是明鈴大小姐立刻離開椅子，大力抱住我。

「欸嘿，我愛死阿靜了～♪」

「我也很愛您。」

我的內心滿是幸福。

當初就是這位比我年幼，又比任何人都聰明和溫柔的大小姐拯救了我這個亡國的異國人。

輕輕擁抱大小姐時，也瞥見了桌上的地圖和紙片。

嬌小的大小姐在我懷裡說明：

「這是禮嚴將軍送來的，這張地圖在敬陽西方蓋小城寨時用得到……」

她的神情顯露憂愁。玄國軍隊不會特地等我們築完城才來。

張將軍和他的心腹禮嚴將軍一定懂這個道理，但「西冬」已是敵國，得避免敬陽西方持續門戶洞開。兩位將軍想必也認為敵人可能透過西方入侵。

我看向另一邊的紙片。

「那這張紙是？」

「是白玲姑娘送來的～她說希望能派人去帶回傷兵和病人。」

「帶回病人和傷兵？」

戰場上的士兵通常死於流行病或受傷。

不過……為什麼會在進攻途中做出如此要求？

明鈴大小姐讓我放開抱著她的手，接著伸手抱起黑貓並坐上椅子。

「我沒聽說有大規模的戰鬥，而且隻影先生他們負責殿後，為什麼會有人受傷？」

「我也沒有頭緒。不過……」

腦海裡浮現銀髮藍眼的那位姑娘，以及黑髮紅眼的少年——也就是大小姐心上人的身影。

他們年紀輕輕，就已是在敬陽攻防戰打倒名震天下的敵將「赤狼」的英雄，應該不會做出毫無意義的抉擇。

——也就是說……

「白玲姑娘或許是判斷『只能趁現在帶他們回來』。」

「……人數不是應該比敵軍多上不少嗎？」

明鈴大小姐直言對我這觸霉頭的推測感到疑惑。她在經商方面雖然擁有過人天分，但論軍事就是門外漢了。

我回想過往說道：

「有時只要戰場上有一個宛如怪物的人，就能澈底扭轉戰局。榮帝國這次得對付『四狼將』和一位神祕軍師，即使有隻影先生和白玲姑娘在，也不一定拿他們有辦法。」

「…………阿靜。」

明鈴大小姐不安地仰望著我。

明明幾個月前在大運河遭遇水賊，都還是那麼的泰然自若。

「隻影先生跟白玲姑娘——還有瑠璃，都不會有事吧？大家都會平安回來吧？？而且他們手上有『天劍』！」

「——……您說得對。」

成功統一天下的煌帝國——其大將軍據說就是使用那對神祕的雙劍。

若傳說不假，它應該會保護自己的主人……

大小姐摸著貓苦笑道：

「阿靜很不會說謊耶～就算是我，也能從妳這種表情看出端倪。這次應該會是場苦戰吧？」

……我真是太沒用了。

竟然忘記王明鈴大小姐在人心這方面很敏銳。

「…………對不起。」

「不許妳道歉！以前的壞習慣又跑出來了。現在我們終究只是借住張家的客人，能做的事情很有限……」

大小姐戴起帽子，將毛筆沾上墨水，迅速在紙上寫字。

她圓滾滾的大眼充滿幹勁。

「總之，我們先找來一些小船吧。隻影先生之前在臨京跟我享茶的時候，提了一個有趣的點子！再來就是送改良過的火槍——……火藥桶也順便請人送過去好了。雖然那東西非～常危險，但瑠璃應該有辦法好好利用它。而且瑠璃說她最擅長……是『火計』嗎？明明討厭打仗。」

年紀比我小的大小姐正在盡全力完成自身的職責……我不禁暗自感嘆。

人即使不會用劍、長槍、弓，或是騎馬——也有辦法戰鬥。

假如我年幼時就能察覺這一點——我端正坐姿，開口附和。

「我也贊同您的想法。」

「謝謝☆那麼，就趕快把剩下的文書處理完吧～♪」

筆劃過全新紙張的聲音非常悅耳。

我用梳子梳著大小姐的頭髮，並懷著決心呼喚她的名字。

「那個……明鈴大小姐。」

「嗯～？什麼事～？？」

大小姐停下毛筆歪頭看向我，甚是可愛。

我將視線撇向一旁，但仍然向她坦白心中的感謝。

「我現在能夠常保歡笑，都是託大小姐的福。謝謝您。」

……也藏起對過去的後悔。

大小姐先是愣了一下，才立刻挺起豐滿的胸膛說：

「哼哼！我是個很棒的主子吧～！」

「是，您是全天下最好的主子。」

「呵呵呵～♪我喜歡妳坦率的樣子，真可愛～☆」

大小姐開心地哼起歌，繼續處理眼前的工作。

年紀比我小的主子顯露的模樣令我忍不住會心一笑，接著坐上隔壁的椅子。

……我們需要打聽「西冬」那邊發生了什麼事。

若沒有任何對策，就算有隻影先生和白玲姑娘在，也是無可奈何——腦海裡浮現了那位自稱

「仙娘」，且精通古今戰場各種故事，論軍旗甚至不輸臨京各路好手的金髮姑娘。

我不認為由衷厭惡打仗的她，會願意在戰場上指揮大軍。

——……不過——

「假如有隻影先生和白玲姑娘的武藝，瑠璃姑娘也能在戰場上澈底發揮她的長才……說不定……」

「阿靜～妳剛剛有說什麼嗎？」

明鈴大小姐抬起頭，疑惑地凝視著我。

我抹去心理這份奢望，露出微笑。

「沒有，我沒說什麼。請朝霞姑娘替我們拿一張西冬地圖吧。我們應該需要研究該把小船集中在哪裡，又該把「火槍」和「火藥」送去什麼地方。」

＊

「隻影閣下、白玲閣下，你們來了啊。雖然兩位才剛到，但爹希望在開會前和你們聊聊。我的屬下會替張家軍帶路。」

距離西冬首府「蘭陽」大約半天路程的無名小村落架起營地，裡頭準備了無數營火。

我們在抵達徐秀鳳將軍率領的南軍架設的本營時，看見飛鷹正在門口等待我們到來。他的頭盔和甲冑沾上不少髒汙，臉上神情變得更加強悍，連語氣都出現變化。

我軍後勤部隊全數遭到襲擊已是十天前的事情，想必他在這十天內吃了不少苦。

「好。」「麻煩你帶路了。」

我們在飛鷹的帶領之下順著一條沒有鋪上石頭的路前進，環望周遭。

張家軍自出征那一天起就幾乎都在郊外紮營，沒有進入村子裡，算很難得能看見村子裡的景象……但完全不見半個村民。是「傳聞」已經傳開了嗎？

我跟白玲想起在路上看見的慘狀——禁軍搶劫百姓的痕跡，不禁皺起眉頭。

走在前頭的飛鷹開口：

「見兩位平安抵達，我打心底鬆了口氣。畢竟聽說張家軍也有遇襲——而且對方還是『赤槍騎兵』。」

「算勉強撐過來而已。無法上陣的傷兵和病人都先送回去了，這件事有先知會過徐將軍。」

我們花了好一番工夫才終於成功勸他們回去。張家軍的士兵們都好戰得讓人有些傷腦筋。

白玲神情嚴肅，朝著飛鷹的背影冷冷問道：

「我們有在路上的各個村莊發現搬運物資的……算了，沒必要講得比較好聽。我們有發現村莊遭到劫掠的痕跡，徐將軍知道這件事嗎？」

老爹會自然而然被尊稱為「護國神將」，甚至令敵國人民也對他懷抱某種敬畏，有很大一部分是因為他絕對不允許麾下士兵劫掠百姓。

所以在從小看著老爹長大的張白玲眼裡，當然是難以置信的蠻橫之舉。實在不想讓她看見那種景象，即使有人認為我太天真，也是一樣。

飛鷹在架設於廣場的帳篷前停下腳步，回頭看向我們，神情相當凝重。

「……爹應該也會親自向兩位說明這件事。請進。」

一走進帳篷，就看見「鳳翼神將」徐秀鳳正皺著眉頭沉思，雙眼看向桌上的地圖。感覺他多了些白髮和白鬚，臉頰也消瘦了少許。

發現我們走進帳篷的徐將軍抬起頭。

「……你們來了啊。飛鷹，你去外面守著，別讓任何人靠近這裡。」

「是！」

徐家的繼承人精神抖擻地回應，立刻前往外頭。

徐將軍坐上附近的椅子，哀嘆道：

「呼……抱歉。我大概是因為一直在應付那些還不懂自己身處險境的蠢貨，有點累了。你們坐吧。」

「您不用放在心上。」「您有好好睡覺嗎？」

我們在各自回答之後坐到椅子上，徐將軍拿起指揮棍。

「感謝兩位的關心……我們沒時間了，直接說明戰況吧。」

身經百戰的強將表情瞬間一變，用指揮棍敲了敲桌上那張地圖上的幾個地方。

「敵軍先前利用迂迴戰術展開奇襲，導致禁軍的後勤部隊幾乎全軍覆沒。士兵的傷亡似乎不算太嚴重，但馬匹的損失極為慘重。我們與西軍的後勤部隊戒備較嚴，沒有任何損害……卻也沒有餘裕逗留敵國。」

「所以他們才會去各個村莊打劫？就只為了搶那一點物資……？」

身旁的白玲以不帶任何感情的語氣低聲問道。她放在腿上的手正在顫抖。

——一道清脆聲音響起。

徐將軍折斷了手上的指揮棍。

「我們南軍和西軍進駐的村莊都幸免於難。但是……禁軍竟然派了好幾支部隊去四處劫掠民不聊生的村莊。這還是總指揮官和禁軍元帥下的命令！」

「這……」「他們瘋了嗎？」

我訝異得啞口無言，白玲的感想則是冰冷得令人毛骨悚然。

禁軍是皇帝親自掌管的軍隊。

「西冬」百姓今後搞不好……不對，是一定會很痛恨「榮國」。真是糟透了！

徐將軍手摸著桌子，拚命抑制他的怒火。

「我也說不準他們是真瘋還是假瘋……至少林忠道那個自以為神通廣大的傻子還沒放棄攻打蘭陽。要不是我跟常虎堅持到底，今晚甚至不會開戰前最後一次會議。」

「「…………」」

我跟白玲看向彼此。看來情況比預料的還要嚴重。

銀髮的貌美姑娘毫不婉轉地詢問：

「徐將軍反對進軍蘭陽，對嗎？」

「那當然……我是打死都不會斷言我們會輸，但我們已經與西冬的人民為敵了。就算真能打下蘭陽，西冬人也不可能願意臣服。我們等於是澈底失去了數十年來的盟友啊，白玲姑娘。」

與張泰嵐並駕齊驅的強將摀住自己的雙眼，他巨大的肩膀明顯在顫抖。

徐將軍很清楚——

我們打輸這場仗，敬陽也會跟著不保。

我跟白玲完全說不出話。這時，飛鷹從帳篷外走進來報告。

「爹，時間快到了。」

「這樣啊，我知道了。」

徐將軍名震天下二十餘年。

至今百戰百勝的他帶著滿是悲壯的神情起身，拿起自己的劍。

「那麼，我們走吧。必須踏上這個非贏不可的『戰場』。」

軍隊本營最後面架設了一座巨大帳篷。

帳篷內的最裡頭有張大概是特地搬進來的椅子，那張椅子奢華得彷彿一張龍椅。

坐在上頭的是一名身材肥滿又頂上無毛的醜陋男子——那傢伙就是林忠道吧。他正在和一名用狐狸面具遮住眼睛的男子與身著華麗軍袍的武將說話。

「喔喔！秀鳳！」

一道響亮渾厚的嗓音呼喚著徐將軍。白玲縮起身子，往我這邊靠近半步。

呼喚徐將軍的男子身穿老舊甲冑，頭上戴著小帽子。他擁有璀璨的黑眼、黑髮以及黑鬚。雖然身材矮小，卻也能清楚看出他渾身都是強壯肌肉。

周遭的其他人看來也是馳騁沙場許久的強將。飛鷹湊到我耳邊說：

「（他是西方的宇常虎將軍。）」

「（他就是傳說中的『虎牙』啊。那麼那邊那個戴假面的男人跟打扮很華麗的將軍……）」

「（那是副宰相的親信田祖，還有率領禁軍的黃北雀。）」

……真惹人厭。

「……喂，那個姑娘。」「是銀髮藍眼的女人。」「開戰前來這裡太觸霉頭了。」「她是張家的千金。」徐將軍正在和宇將軍談笑時，身穿華麗軍袍的幾位禁軍將領竟出言嘲笑白玲。

這些人一看就知道根本沒有親自衝鋒陷陣。

如果他們不是榮帝國的將軍，我早就出手揍人了……我輕碰白玲握緊的拳頭。

她睜大了宛如寶石的藍眼。

「……隻影？」

「別擔心。有我在。」

「——……好。」

身旁的白玲有點高興地點點頭，挺直了背脊。

「咳咳！」

「喔？那邊那兩位是『護國神將』的兒女吧！嗯、嗯，有你們在真教人放心。副宰相，可以開始了吧！」

徐將軍和宇將軍強行打破帳篷內的怪異氣氛，用氣勢逼迫其他將領安靜。

依舊坐在椅子上的林忠道有一瞬間對我和白玲眼露嫌惡，但很快又掩藏起來，露出令人不快的笑容。

「大家都到齊了吧。那麼，我們來針對攻打蘭陽這一仗做戰前最後一次會議吧。」

「我有異議！！！！」

宇將軍立刻大喊，強勢反駁。

「你可別誤會了，我們根本不贊成進攻蘭陽！」

「…………嘖！」

我的順風耳清楚聽見了那個肥胖男人的咂嘴聲。

徐將軍接著說：

「副宰相閣下！敵方先前的大規模奇襲導致我軍馬匹損失慘重，禁軍也顯然缺乏物資，只能想方設法苦撐。敵軍勢必會固守城池，屆時……我們也不可能拿下『西冬』。我認為應該趁現在還有餘力，儘早撤退。」

南軍及西軍的各位將領一同敲響他們沾上髒汙的甲冑和劍鞘，表達贊同。

相對的，禁軍的將領們則是顯得不太高興。

副宰相先是向待在後頭那位戴著狐狸面具的男子詢問了些什麼，才轉頭看往前方。

「我們的確受到一點影響，但是！」

……「一點」啊。

這蠢蛋完全不懂我們在後勤部隊只能仰賴陸路的戰場，遭遇「失去大量馬匹與物資」和「惹怒百姓」這兩種情況代表了什麼意思。

「我們有十五萬大軍！敵軍也不過只有五萬兵馬。只需要藉著人數優勢打倒他們就好！而且物資問題也已經解決。我們不趁早與西冬一戰——更待何時？真不敢相信威震八方的宇將軍和徐將軍會出此言啊。」

——狹窄的帳篷內頓時殺氣騰騰。

宇將軍的太陽穴浮現青筋。

「……你說什麼？追根究柢還不是因為你命令他們去搶——」「常虎。」

徐將軍制止手已經在劍柄上的宇將軍，並呼喚他的名字。

隨後以銳利目光凝視至今面不改色的某位將軍。

「黃北雀……你怎麼想？難道禁軍也希望繼續進攻嗎？」

「我們會遵從深得皇上信任的總指揮官所下達的一切命令。」

他的回答堪比懦夫。黃北雀撥開礙眼的瀏海，滿是自信地說：

「不過——既然南軍和西軍不贊成進攻，也只能出此下策了。我們禁軍獨自攻打『蘭陽』，一雪前恥。」

「說得好！真不愧是——配得上禁軍元帥這個位子的好將軍！」

副宰相突然開口稱讚黃北雀，瞪向南軍與西軍的將領們，接著嘲笑道：

「所以呢，懦弱的兩位大將軍和其他幾位將軍就乖乖留下來，不甘心地等待我們立下戰功，帶回捷報吧。」

「～～唔！」

糟糕，這下真的糟了。

南軍和西軍不像幾乎沒上過戰場的禁軍，他們長年抵擋不斷嘗試入侵榮帝國的異國士兵和蠻族，不可能有辦法忍受別人說他們「懦弱」。連飛鷹也是氣得雙眼充血。

宇將軍出拳敲碎桌子，發出轟然巨響。

「竟敢說我……說我宇常虎懦弱！**這話我可不能當作沒聽見！！！！**」

「**常虎！**……大家都先冷靜下來。」

徐將軍大聲喝斥氣憤的宇將軍。

他以銳利如鷹的眼神看向副宰相和黃北雀，再次表明自己的想法。

「……你們別想故意惹怒我們，逼我們上陣。蘭陽的敵軍打算引誘我軍深入敵營，等時機一到，再動用大批兵力將我們一網打盡。敵方可能真的只有五萬兵力……然而現在沒有西冬人民幫助的狀況下，根本無從得知。而且說不定會半路殺出至今無聲無息，也只能大略推斷有多少人的西冬軍隊。」

「若出現叛徒，反倒是大好機會——而且西冬士兵弱不禁風，不可能是我們的對手。『三大將』似乎總是為過去立下的戰功沾沾自喜……但我們禁軍也會證明只要有機會踏上戰場，一樣能夠帶回出色的戰果。」

禁軍元帥說出的這番話太令人難以置信了。

竟然是不想輸給老爹他們，才硬要攻打蘭陽？

戴著狐狸面具的男子在我感到錯愕的同時從漆器盒裡拿出卷軸，恭敬地遞給林忠道。身材肥滿的副宰相站起身，笑容中的挑釁有增無減。頓時感受到一股可怕的寒意。

他攤開卷軸——上頭有「龍」的印記。在場的將軍們立刻一陣嘩然。

「徐將軍、宇將軍——攻打『蘭陽』可是皇上的旨意喔。」

……完了。

沒想到他連皇上都拉攏了。

宇將軍大嘆一口氣，無奈說道：

「——……**微臣遵旨**。」

唉……看來是無力回天了。戴著狐狸面具的男子揚起嘴角。

徐將軍交碰雙拳，低下頭來。

「副宰相閣下……請您原諒我們方才的無禮。明日也會率領全軍參戰，以表歉意…………」

其他將領雖然露出對肥胖男子的殺氣，卻也一一出聲附和。

林忠道在達到目的後用袖子擦擦汗水，心滿意足地頻頻點頭。

「——……你們明白就好，嗯。」

宇將軍閉上雙眼，徐將軍則是將手放上劍柄。兩位將軍都在顫抖。

但愚蠢的副宰相並沒有察覺，而是高聲宣告：

「我們明天將拿下一場光榮的勝仗。期待各位將軍能夠帶回捷報——張家軍就去徐將軍旗下待命，以備不時之需吧。你們可要感謝我的寬宏大量喔。」

*

「哦，妳居然會走這一步。那接下來——就是這裡了。」

「啊！」

瀏海遮蔽雙眼的青年用纖細的手臂拿起棋子，在棋盤上下了一步大棋。

我方陣地被從中截斷……澈底陷入劣勢。

明明陽光沒有直接照在身上，卻能感覺到汗水順著我的臉頰滑落。被汗水沾濕的金髮緊黏著臉，很不舒服。

看著我們下這盤棋的是一名戴著狐狸面具的老人，以及身穿道士法袍，留著一頭長紫髮的妖豔美女——許多人都尊稱她為「高人」。他們開口：

「哦……剛才那一步棋真不錯。她是叫『瑠璃』吧？也難怪妳沒有殺了她，而是特地把她扶養長大。但還是贏不過我這邊的赫杵啊。」

「少囉嗦，不看到最後，怎知誰輸誰贏呢？你怎麼就是遲遲無法明白這個道理？是不是眼裡只有命運，都看不清其他事情了？」

好痛苦。好痛苦。好痛苦……這是一場夢，這裡是八年前的「燕京」。

「我們只不過是在探討真理，當然不敵為了一己之欲，就放火燒光僅剩無幾的仙境，還從那裡擄了個孩子來養的妳啊。」

「這話說得真難聽啊。我對自己的目的可是從不馬虎。你也知道滴水穿石，我總有一天會讓『仙術』重見天日的——瑠璃，了結他。」

殺死我父母的美女迅速合起手上的扇子，以冰冷語氣向我下令。

我渾身顫抖不已，僅能支支吾吾地回答她。

「……知、知道了。」

「嗯？真搞不懂妳在想什麼，怎麼還有辦法挽回局勢——」

我用小小的手拿起棋子，輕輕敲開棋盤上那顆醒目的大棋。

被稱作赫杵的青年一臉狐疑——

「怎麼可能……」

並睜開了那雙細如絲線的眼睛。

——剛才控制了整個盤面的大棋瞬間化作一場空。

對方猛抓自己的頭髮，拚命尋找活路……最終仍然咬牙切齒地說：

「我……認輸！」

我大吐一口氣，用右手止住左手的顫抖。

……如果輸的是我，那名美女很可能會對我施以惡毒的懲罰。

老人嘴角顯露不悅，發出驚嘆。

「什麼……我們赫杵學的可是『王英風』的軍略，竟然會輸給這樣的孩子！」

「哼哼哼，那當然。我把所知的軍略全教給瑠璃了，而且——」

別說！別讓我想起來！

我想摀住耳朵，手卻完全不聽使喚。當時的我完全無法違抗她。

美女打開扇子，似乎是打心底覺得很開心地笑道：

「她已經上過戰場，自然比你那邊的小鬼頭見識更廣。」

眼前的青年以彷彿想馬上殺了我似的眼神瞪過來。

老人深深低下頭。

「……著實令人佩服。」

「噫……」

我不禁發出哀號，連忙用雙手摀住嘴。

幸好沒有被老人和美女聽見。

「高人，您能不能把那位姑娘讓給我們呢？『玄國』皇帝身患重病，已來日無多。他似乎打算在不久後把握最後一次機會派出大軍，嘗試渡河。」

「玄國不會有勝算呢。張家的小鬼是貨真價實的猛虎。只要稍有片刻大意，就會被他吞進肚子裡。」

——張泰嵐。她一有機會，就會出言稱讚那位「榮國」的將軍。

玄國打算渡河，勢必會受到那位將軍阻撓。美女用扇子遮住嘴笑道：

「所以，你想讓瑠璃擔任下一任皇帝，對嗎？」

「對。本來想推舉赫杵，但他輸給一位年僅七歲的孩子……恐怕是無法勝任。我必須讓『玄國』一統天下。」

「…………唔！」

青年倒抽一口氣，渾身僵直。

他說不定也和我有類似的遭遇。

沒有用處，就等著被拋棄。

美女那雙可怕又豔麗的紫色雙眼中浮現一絲興趣。

「看你這麼努力干涉玄國，難不成下任皇帝……真的逼你不得不這麼做？」

「對，因為他——」

強風蓋過了他們的談話。同時，我下定決心。

……等回到「蘭陽」，一定要想辦法逃走。

不然，我的「軍略」會殺死許多對其毫無招架之力的人。

美女聽完先是愣了一會兒，才露出猙獰的笑容。

「若你所言不假，這下可就有趣了！看來我們終於也需要『天劍』了。雖然『皇英峰在死前用天劍砍壞巨岩』之類的傳說八成是後人胡謅的……但想要真正統一天下，還是需要增添一些威信。只是就算真的找到了，大概也無法將它拔出鞘。」

美女瞇細雙眼，眼露欣羨地看往庭院裡那棵年輕桃樹。

「至今仍只有皇英峰曾用那對雙劍衝鋒陷陣……把瑠璃讓給你這件事我會考慮考慮。畢竟沒了這孩子，我也不覺得可惜呢。」

*

「唔！……………呼、呼、呼……」

我大口喘氣，身上的被子也因為這麼一起身而掀開。

……明明最近已經不怎麼夢到那段往事了。這幾天甚至連身體都不太舒服。

我知道是為什麼。

因為先前遇到了那個黑髮黑眼，左臉有刀疤，還扛著一把漆黑巨劍的男人——義先。這個仇敵不只殺了我的父母和姊姊，連我的其他族人都不放過。

伸手拿起邊桌上的布擦拭汗水，看了看室內。

這個房間除了床鋪以外，幾乎空無一物，不像有人居住。牆上的微弱燈火不斷擺盪。

隻影和張白玲特地替我在村子裡找了間空屋。

……他們比我事先從明鈴那裡聽說的還要天真。

還在發呆時，身穿軍袍又貌美的銀髮藍眼姑娘——張白玲就打開了破舊的房門，帶著竹水壺走進來。她的腰上掛著「雙星天劍」的其中一把。

「瑠璃姑娘，妳還好嗎？」

白玲湊近了那端正得連同為女性的我，都不禁感到難以置信的臉龐。

她一臉操心地將竹水壺遞給我，於是我低下頭回答：

「……我沒事，謝謝妳的關心。」

喝了一點水後，心情也稍微平靜下來。我望向窗外月亮高掛的天空。

「那傢伙沒跟妳一起來嗎？」

「隻影被徐將軍和宇將軍攔下來談事情了。他從以前就很容易討年長者歡心……而且，我也不是無時無刻都會和他走在一起。」

白玲毫不猶豫地說完，便坐到附近椅子上。

她乍看很平靜，手卻一直撥弄著劍柄，明顯不太開心。

我故意調侃這位美若天仙的姑娘。

「但妳其實很想從早到晚都在他身邊吧？」

「這……是沒錯……」

白玲回答得支支吾吾，伸手摸起自己美麗的銀髮。

接著以稍嫌稚氣的神情出言責備我。

「……瑠璃姑娘，妳也滿會捉弄人的。是受到明鈴影響嗎？」

「不要把我跟那個小不點商人相提並論！……但我確實常常受到她照顧。戰前會議討論得怎麼樣？」

每次前往臨京，她就會藉著鬥茶讓我輸得五體投地，再使喚我去找些麻煩得要命的東西。雖然對她的埋怨很多……但明鈴和阿靜對孤苦無依的我來說不只是重要的恩人，更是好友。

白玲輕輕笑出聲。她翹起長長的腿──一邊欣賞明月，一邊像是要去市場採買似的講起戰前會議最後的結論。

「明早──會全軍一同進軍『蘭陽』，嘗試澈底拿下西冬。」

我愣得眨了眨眼，試圖理解她剛才說的那段話。

還故意緩緩喝了一口水，與那雙美麗的藍眼相視。

「……妳說的是真的嗎？明明沒有穩定物資，竟然還想正面攻打有大軍鎮守的首府？而且就算我們想打攻城戰，敵軍也說不定會故意在城外和我軍交戰啊。」

「這似乎是副宰相的主意。」

「…………太愚蠢了。」

榮帝國軍隊大約十五萬人，玄國軍隊則是大約五萬人。單論人數，我方或許占上風。

然而榮帝國軍隊四處劫掠城鎮……想必也使得至今立場搖擺不定的西冬軍隊開始憎恨榮帝國軍隊，甚至與百姓為敵。

何況他們要是全軍鎮守蘭陽……一定無法在短時間內攻下來。

他們「煌齊同舟」的計策得逞了。

白玲將一個沉甸甸的小袋子放到我腿上。

「這是？」

「這些銀子給妳當旅費。我們也替妳備好了馬和糧食，趁今晚逃離戰場吧。隻影也贊成這麼做。他說不能讓討厭打仗的軍師姑娘陪著我們打這場仗。」

「……那你們呢？最壞的情況……」

我無法把接下來的話化作言語，也無法再多說什麼。

——「引誘率領大軍進犯的榮帝國軍隊攻打蘭陽，並在『西冬』百姓面前將之一舉殲滅。」

這恐怕就是敵方軍師的企圖。

把各個城寨的投石器遷走，或許也是這個計策的其中一環……

白玲以眼神向我道謝，並在優雅起身之後表露己身決心。

「我是張泰嵐的女兒。不可能對底下的士兵見死不救……而且——」

她露出看起來很傷腦筋，卻又幸福的微笑。

那頭長長的銀髮在月光下散發光輝。

「隻影……沒有我在旁邊陪著，就老是想勉強自己。我看他這次鐵定又想盡可能保住我和士兵們的命了吧。這個人真的很教人傷腦筋。」

啊啊……白玲是真心愛著那位黑髮紅眼的少年。

甚至願意毫不猶豫地為他赴湯蹈火，只為了拯救他，又或是與他並肩作戰。

我有點……羨慕他們，也不希望白玲在這場仗中喪命，需要想個理由留下來。

在一段深思之後，指向她的劍。

「我問妳……妳也拔得出那把劍吧？」

「拔得出來喔。」

如此說道的白玲退後了幾步——將劍拔出鞘。

一次、兩次、三次——純白劍身閃過三次光芒，隨著悅耳的聲響回到劍鞘中。

我不禁啞口無言。她……知道自己剛才做的事情多麼令人嘖嘖稱奇嗎？

「拔『天劍』者，可稱霸天下。」

帶著好友留下的雙劍，成功統一天下的煌帝國大丞相曾經這麼說過。

後來便有無數權貴費盡苦心追尋「天劍」……也包括想要得到足夠力量復仇的我。

真搞不懂隻影和白玲……到底怎麼回事？

白玲露出柔和笑靨。

「我一開始也拔不出這把劍，但現在知道拔出它的訣竅了。」

「……可以問是什麼訣竅嗎？」

我是真的對「天劍」有興趣，不然也不會答應明鈴的請託。

不過——這其實是藉口。

看來我比自己想的更喜歡和眼前這位姑娘，與她的心上人共同度過的每一天。想為他們盡一份心力。

平時總是非常冷靜的白玲忽然變得不太對勁，支支吾吾了起來。

「呃……這個嘛……其實呢…………」

「嗯？怎麼了嗎？？」

我疑惑地歪頭。

銀髮姑娘先是仔細觀察室內，才湊到我耳邊喃喃說道：

「（……其實我只要心裡想著隻影，就拔得出來了。千萬不可以告訴他喔！）」

我愣得忍不住直盯著她看——然後笑了出來。

「——……噗噗！」

「妳、妳不要笑我！」

「因、因為……呵呵呵，要是被明鈴聽見了，她一定會鬧彆扭呢。」

腦海裡閃過在敬陽的小不點商人。

她要是知道我幫助了她最大的情敵，大概會很生氣吧。

「瑠璃！妳下次來幫我啦！」

我笑了一陣子後——若無其事地說：

「我……其實是個孤兒。我父母、姊姊，還有其他血親全被殺死了，凶手就是之前攻擊我們的義先。啊，但我真的是『仙娘』喔。」

本來一臉不高興的白玲恢復了原本的神情，似乎很擔心我。

「我是在離『西冬』很遙遠的西方——白骨沙漠裡的仙鄉『狐尾』出生的。古時候有很多仙人和仙娘會用很厲害的方術，但當時已所剩無幾……應該不到一百人。而且沒有人會用方術。」

雖然嚴厲，卻也很照顧我的父親、總是很溫柔的母親、為了保護我而死的姊姊。

……這十年來，我沒有一天忘記他們。

「我在五歲生日那天失去故鄉，被擄去異地……之後一直被迫學習軍略。在六歲那年第一次指揮戰局，要對付的是一群山賊。我想出的軍略害死了很多人。逼我學習軍略的那女人說教我這些，是要方便她賭博。甚至有好幾次差點被她逼瘋。」

「…………六歲。」

白玲睜大了雙眼。我聽見走廊傳來吱軋聲。

「下令擄走我的是一個在『西冬』檯面下掌握權勢，而且相當執著於讓『仙術』重見天日的女人，大家都叫她『高人』。他們除了我以外，還擄走了其他十幾個小孩。我們總是被迫念書或鍛鍊……有時會突然發現某些人再也沒出現在眼前。」

以前不知道他們去哪裡了，但現在大概猜得出來。

消失的那些人想必不是死了，就是被賣掉了。

「高人」會特地鍛鍊我們，全是為了她的一己之欲。

我握緊自己的手——變出一朵白花。

「那女人看到這個力量時，只能以欣喜若狂來形容。還說仙術重見天日的時刻近了……結果我這種力量一直沒有變得更強，她就擅自感到失望，不怎麼理會我了。也多虧如此，我才能在八歲時逃出來。她沒有派追兵過來，大概根本沒把我放在心上。後來——逃到臨京的時候已經疲憊不堪，差點橫死街頭，也幸好我及早遇到明鈴。」

靜靜聆聽我述說往事的銀髮姑娘眼中泛著大粒淚珠。我將白花遞給她並自嘲：

「張白玲，妳這個人真奇怪。王明鈴也是……一般人根本不會想搭理我。」

實際上——當時也真的只有明鈴願意主動對我伸出援手。

現代人已經太過習慣生活周遭有人死去。

即使我當時不是在「臨京」那個空前繁榮的大城也一樣。白玲瞇眼看著那朵花。

「因為我覺得瑠璃姑娘有點像以前的我……像還沒認識隻影之前的我。」

「妳……像我？」

太難以置信了。會是因為「女人擁有銀髮藍眼為傾國之兆」那個陳腐的迷信嗎？

美麗的銀髮姑娘說：

「我懂事的時候，我爹——張泰嵐就已經是舉國稱羨的『英雄』了。但我沒有半個年紀相近的親暱好友，娘又過世得早，所以其實一直很孤單……說不定還有些絕望呢。」

雖然我常常一時忘了她是大名鼎鼎的「張家人」——

不過她一定從小就是榮帝國北方無人不知、無人不曉的人物。

白玲雙手扠腰，轉身面向我。今晚最耀眼的月光灑落在她身上。

「不過……十年前隻影來到張家時，我清楚感覺到……以後會一直和他同住一個屋簷下，所以——再也不孤單了。而他後來也的確一直留在張家，我的直覺其實滿準的喔。」

——我認為那位黑髮紅眼的青年，應該好好為他讓一個姑娘露出這種表情負責。

白玲對我露出微笑。

「瑠璃姑娘，這世界其實也沒有我們以前想得那麼糟。像我現在就很高興可以天天和妳聊上幾句。因為在妳來之前，和我年紀相仿的同性友人就只有明鈴一個人。」

——……「友人」。

我的眼前頓時一片模糊，一道淚水劃過臉頰。

連忙用袖子擦乾眼淚，接著故意調侃她，以掩飾害臊。

「妳……果然很奇怪。」

「瑠璃姑娘也是啊，跟明鈴差不多怪。」

「「——噗！」」

我們同時笑了出來，看來我做的決定是對的。

「哦？怎麼了？？看妳們聊得挺開心的。」

隻影開門走進房內，手上拿著捲起來的地圖。

我們彼此相視——

「「不告訴你。」」

一同淘氣地吐著舌頭說道。

隻影把地圖放上邊桌，聳了聳肩。

「好好好。啊，瑠璃，白玲應該跟妳說了吧？妳還是早點逃離這裡——」

「我討厭打仗，也對全天下的局勢沒有半點興趣——」

我打斷他的話離開床鋪，接著拿起帽子。

走到窗邊，對終有一日會冠上「張」姓的少年和自然走往他身旁的那位姑娘高聲宣告。

「但現今應該早已沒有人能夠拔出『天劍』，我對能夠將其拔出的你們非常有興趣。可不能讓你們在我得到答案之前喪命。」

——我的軍略之才會害死很多人。

不過說不定也能救我的救命恩人和友人一命。有什麼好遲疑的呢？

反正這雙手早就沾滿了鮮血。我一定……會替大家報仇。

我撥開瀏海戴上帽子，露出微笑。

「所以——我來擔任你們的軍師吧。可別事到如今才反悔喔？」

「……呃，這……」「請妳務必擔任我們的軍師。」

隻影瞪向他的青梅竹馬。

「喂！白玲！」

「我必須在戰場上保護你，所以需要能夠看透大局的智者。而且瑠璃姑娘很值得信賴。」

隻影陷入短暫沉思——隨後緩緩拿起邊桌上的白花。

並將花插上白玲的瀏海。

「——……好吧，那就拜託妳了，軍師姑娘。那麼，我們再正式向妳自我介紹吧，我是張家的隻影。」

「我是張白玲。」

我在月光下轉動家人遺留的望遠鏡——報上自己的名號。

「我是來自狐尾的瑠璃。你們大可當作自己上了一艘穩固的大船。我保證不論敵方準備了什麼陷阱——都一定讓你們活著回到敬陽。」

＊

「這、這是怎麼回事……敵軍怎麼會在城外？」

蘭陽近郊的小山丘。身後的庭破對身處晨霧當中的敵軍感到錯愕。

敵方在大片草原上布陣，可以隱約看見那批軍隊後頭就是蘭陽那座不算高聳的城牆。

即使人數不多，仍選擇在城外布陣。王英風也曾對前世的我下過一樣的命令。

當時他也沒有什麼特別的計策，只是單純看好將領和士兵們的實力。

左側的白玲也駕著愛馬來到我身邊。

「隻影，你有看到投石器嗎？」

「城外沒有。城內……不行，霧太濃，什麼都看不到。」

瑠璃一邊用望遠鏡觀察，一邊駕馬前行，並冷靜講述自己的看法。

「這就不能說是『背水陣』，而是『背城陣』。他們刻意拋棄防守優勢，在城外布陣——看來對這次的計策很有自信。中間無法看見敵人蹤影……但假如對方想效仿王英風，就會同時用上在壕溝安排伏兵，讓敵軍大吃一驚的『伏狐計』。」

「真希望禁軍不會太莽撞啊。」

我扶著額頭嘆氣。這時，看見了幾棵細瘦的樹……嗯？

軍師姑娘似乎也發現了，但還是看不出端倪。

她收起望遠鏡，無情地講述結論。

「若事前探聽到的消息不假，敵軍主力就是『灰狼』率領的『灰槍騎兵』，人數大約五萬，還得再加上無法得知位於何處的西冬軍。至於我方則是雖有十五萬大軍，卻有多達五萬在後頭待命，真不曉得那些人在想什麼。如果不想點辦法，根本不會有勝算。」

我方布陣是以禁軍為中心，宇家軍負責左翼，徐家軍負責右翼，各兩萬五千人。

林忠道則是宣稱需要有一批軍隊在後頭待命，現在應該……正率著五萬軍隊走在最後頭。

沒想到都要決戰了，總指揮官卻不在戰場。

我駕馬轉向後方，對眾人發號施令。

「白玲，跟我來，我們去見徐將軍。瑠璃，麻煩繼續觀察敵方動向。庭破，別疏於警戒。」

「知道了。」「了解。」「遵命！」

我和白玲駕馬跑下山丘，一同穿越殺氣騰騰的徐家軍隊。

看見飛鷹在離我們有段距離的地方鼓舞士氣。他應該沒心情和我們說上幾句話。

很快就找到徐將軍。

「開什麼玩笑！你們事到如今才在怯戰嗎！！！！」

身著老舊甲冑的「鳳翼神將」徐秀鳳正對著身穿華麗軍袍的男子——一名禁軍的傳令兵破口大罵。

「在、在下已經完成任務……先、先告辭了………」

傳令兵害怕地爬上馬，急忙從我和白玲身旁離開。

我們靠近依然忿忿不平的徐將軍，向他搭話。

「徐將軍。」「剛才那位是禁軍的……？」

他面色嚴肅地轉頭看向我們，表露內心無奈。

「……是隻影和白玲姑娘啊。抱歉，在開戰前讓你們見笑了。」

一陣叫吼從我軍的西方傳來。

應該是「虎牙神將」宇常虎趁著開戰前四處鼓舞士兵。

徐將軍瞪著在大草原上奔走的敵方騎兵。

「剛才傳令帶了一則消息過來。說林忠道和半數——和五萬禁軍會一同留在紮營地。還說什麼『殺兔焉用龍刀』，甚至連總指揮的責任都交給黃北雀了。」

「「唔！」」

這驚天動地的事態令我們差點當場昏厥。

「最大的敵人永遠都是愚蠢的自己人！」

想起王英風每次喝醉就會如此抱怨……情況比我們料想的還要更糟！

我深吸一口氣下定了決心，接著將馬騎到徐將軍面前。

「徐秀鳳將軍，恕我直言！」

我不顧徐將軍抽動了眉毛，直接大喊：

「請您儘早撤退！現在撤退還來得及！」

——晨霧稍稍散去，使得敵軍隱約現形。

敵軍左翼和右翼全是一片灰。

是「灰狼」率領的玄國精兵「灰槍騎兵」。

中間的確就如瑠璃所言，無法看見敵軍身影……但我能夠看出那裡存在幾乎能夠撼動空氣的強烈鬥志。那裡絕對有伏兵。

不曾親手殺敵，也沒打過仗的將領率領的禁軍不可能勝過他們。

白玲也駕著愛馬「月影」來到我身旁。

「我張白玲也同意他的看法。這是敵人設下的圈套，若我們落入這個圈套，即使能贏，也必定會付出難以挽回的代價！相信如果爹在場，一定也會認為我軍應該及早撤退！」

徐將軍閉上眼，苦悶地說道：

「——……泰嵐確實有對好兒女，很感謝兩位的建言，但——」

一片煙塵隨著轟然巨響揚起，地上被狠狠敲出一個大洞。

是徐將軍拿起他的長槍，猛力敲打地面。

一旁的巨馬也踢了踢前腳，彷彿在回應主人的決心。

隨後——一道金屬聲響吞噬了整座戰場。

「這、這道銅鑼聲……」「嘖！」

白玲的銀髮隨著她轉頭張望起舞，我則是察覺情況不對，不禁咂嘴。

——禁軍的軍旗在逐漸散去的白霧中飄揚前行。

竟然沒有先命令左右兩側的友軍隨行，就擅自進攻？

徐將軍騎著巨馬，向前邁進。

「前些時日造訪我們徐家軍的那位年輕軍師說得沒錯。恐怕……這場進攻本身就是『白鬼』動用一整個國家下設下的『陷阱』！」

據說玄國皇帝留著一頭白白長髮，容貌宛如年輕姑娘，且不精武藝，甚至不會騎馬。

……難道我們打一開始就被困在他纖瘦的手掌心上了嗎？

徐將軍甩開一切遲疑，高聲咆哮。

「事已至此，也早已無可奈何。我們唯一能做的就是拚命殺光敵人！！！！！」

「可是！」「……白玲。」

我制止即使聽見老爹的好戰友下此決心，仍然嘗試阻止他的白玲。

我知道徐將軍眼中那道光芒代表什麼意思。

——是必死的決心。

臉頰發紅的年輕武將騎著駿馬，對徐將軍高舉手上的劍。

「爹！我先出發了！」

「……飛鷹，去替我們徐家光宗耀祖吧！」

兒子深信己方必能得勝，父親則是明知接下來會發生什麼事，卻依然出言鼓舞自己的兒子。

實在令人心痛。

飛鷹捶打鎧甲，滿面笑容地回答：

「包在我身上！隻影閣下、白玲閣下，先告辭了！」

「飛鷹！」

我出聲叫住眼前的青年。

不論再怎麼優秀，也不改他不久前才初次上陣的事實。

我凝視著他的雙眼，誠懇地提出忠告。

「……你要小心點，他們一定有什麼企圖。」

「感謝忠告！那麼，我們蘭陽見了！」

飛鷹露出開朗笑容，回去自己率領的先鋒隊。

……「蘭陽」見啊。如果我們真能在蘭陽相見，那當然是再好不過！

徐將軍轉身以魁梧的背影對著我們，並下令：

「我希望張家軍負責游擊。我以徐秀鳳之名允許你們為所欲為，假如情況不妙——就拋下我們，撤回敬陽吧。」

前方傳來萬名士兵的高聲叫吼，以及馬匹和步兵的腳步聲。地面因此劇烈晃動。

徐將軍轉頭看向我們。

「若沒讓你們平安回去，不只我這輩子都對不起泰嵐，還會害我的子孫們因我蒙羞……雖然這是場硬仗，但你們還是以性命為重吧。」

徐秀鳳對天高舉長槍，在一聲彷彿是要甩開所有憂愁的吶喊過後，駕馬離去。

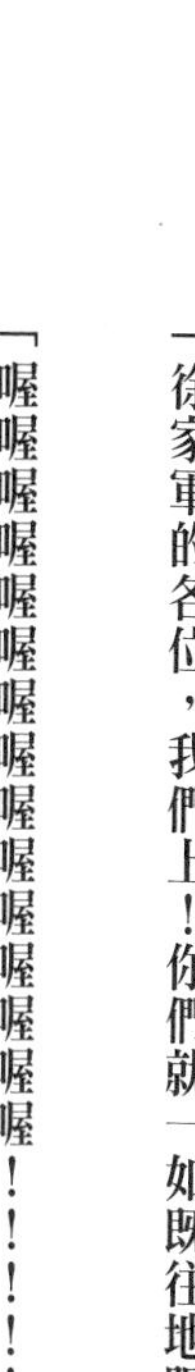
「徐家軍的各位，我們上！你們就一如既往地跟著我來吧——別落後了！！！！！」

「喔喔喔喔喔喔喔喔喔喔喔喔喔喔喔！！！！！！！！！！！！」

南軍的兵卒們高聲回應，一同跟隨徐將軍的腳步。

白玲低聲對愣在原地的我詢問：

「我們……該怎麼辦？」

「這還用說嗎？」

禁軍開始朝著蘭陽大舉進攻。

他們大概是想獨攬功勞吧……我忽然覺得按捺不住，刻意大力揮了揮右手。

「我們就和往常一樣，隨心所欲地去做就好！徐秀鳳和宇常虎是榮帝國不可或缺的人才。畢竟也不能讓抵抗外敵的重擔全落在老爹身上吧？」

「是沒錯，可是……」

白玲雖然贊同，臉色卻依然盡顯擔憂。

看來連我們張家這位今後必定會成大器的小公主，都覺得情況有些弔詭。

「隻影！白玲！」

回頭一看，便看見金髮飄揚的瑠璃駕著馬來找我們，在她身後的庭破也率著所有騎兵前來。

剛成為我方軍師的仙娘激動地上下揮動緊握望遠鏡的右手。

「我知道了！知道他們有什麼企圖了！」

「瑠璃，冷靜點。」「妳先深呼吸一下。」

逼近到我們面前的金髮姑娘先是喘了口氣，才面色凝重地說：

「那些樹！有好幾棵是沒有紮根的枯樹，是後來才移過去的！附近還有埋過岩石的痕跡！」

「什麼意思——……該不會——」

無數震耳欲聾的巨響劃破天空，幾個月前曾在敬陽聽過這個聲音……這是！

隨後——便有數百顆石頭穿過變淡許多的白霧，灑落在禁軍陣中。

轟鳴撼動了整片草原，有一瞬間甚至看見士兵和馬匹隨著塵土飛上高空。

「唔！？！！」

煙塵在我們大吃一驚的同時迅速籠罩戰場。

遠處接連傳來哀號、呻吟、叫吼與大聲求救的哭喊聲。

盡全力用手避免沙塵衝進眼裡的白玲以顫抖的聲音說：

「他們是用樹來做記號，方便投石器瞄準嗎……？而、而且，石頭的數量……」

「他們一定是動用了所有從其他城鎮回收的石頭。但還真沒想到會用樹木來計算距離！」

——「把多餘戰力集中至一地。」

看來敵方軍師格外仰慕王英風。

要是沒有起霧，我們就有辦法事前看出他們的伎倆了……竟然連老天爺都棄我們於不顧。

強風吹散塵土，眼前逐漸恢復清晰。

「只有禁軍被打中嗎？」

「對，看來連對方也看得出他們缺乏實戰經驗，而且我們的人數優勢——」

瑠璃右手直指著蘭陽的方向。

「也要消失了。」

一批拿著長槍與大盾的重裝步兵從白霧與塵土當中現身，亮起一道暗沉的金屬光芒。

目測至少超過十萬人！

我的雙眼清楚看見他們飄揚的旗幟上寫的文字。

——「西冬」。

一切都如瑠璃所料！

我不甘心地咬牙切齒。這時，敵軍騎兵也開始朝著我軍衝來。

即使陷入一片混亂，左翼與右翼仍舊鬥志未滅，以野狼般凶猛的氣勢直衝敵軍。

我們的軍師重新戴好藍帽，講述我軍即將面對的殘酷命運。

「指揮他們的軍師真正的目的……是殲滅左右兩翼的徐家軍和宇家軍。即使他們再怎麼驍勇善戰，也不可能在禁軍被攻破之後維持高昂士氣。屆時我們就會輕易遭到敵軍包圍。」

「的確呢。」

就算兩位將軍武藝過人……一旦遭到敵軍包圍，就結束了。

然而我們張家軍只有不到一千人，難以扭轉戰局。

……究竟該怎麼辦才好？

「瑠璃姑娘、庭破。」

白玲不同於陷入煩惱的我，神情堅定地呼喚面前的兩人。

在場的所有人全看向白玲。

「你們負責率領一半的張家軍，先去找撤退的路線！我們晚點一定會去會合。」

「遵命！」「好。」

青年武將和軍師沒有抗議，二話不說地迅速準備動身。沒有多餘時間可以浪費。

——我們這位張家的小公主今後一定會是位好將軍，要我說幾次都不是問題。

這件事讓我在情勢極度惡劣的戰場上感到驕傲，同時騎著愛馬靠近金髮姑娘。

「瑠璃，拜託妳一件事。」

「……什麼事？」

我湊近她的耳邊，簡短說明「戰後」的事情。

畢竟打仗最容易有人喪命的時刻就是——我駕馬離開，向她使了個眼色。

「抱歉，那就交給妳了。相信妳看得出戰場上的『良機』。」

「唔！知道了！」

瑠璃和庭破離我們愈來愈遠——

「隻影！白玲！等你們回來喔！」

她喊完這句話後，便立刻不見蹤影。我確認弓弦是否仍然堪用，閉起一隻眼睛。

「嗯，這種戰場很適合第一次上陣的軍師姑娘大顯身手。」

「你就別顧著耍帥了……還不快說你們剛才談了什麼。」

「啊，晚點吧，晚點再告訴妳。」

我要瞇眼瞪過來，要求我儘快說明的銀髮姑娘先別著急，接著拔出「黑星」。

看向所有留在現場的士兵們。

「你們聽好！我們接下來要闖進險地——掩護友軍！」

「好！！！！！」

白玲隨後拔出「白星」下令：

「不許你們白白送死，所有人都要活著回到敬陽！」

「遵命！白玲大人！」

士兵們一同舉起手上的武器，開始組織陣形。

……怎麼好像比我下令的時候還要更聽命？

敵方投石器已經不再投擲石頭，但禁軍的旗幟接連倒下，左右兩翼也正與敵方展開令草原染上一片鮮紅的血戰。白玲直視著充斥死亡的戰場，對我強調：

「你也一樣喔，就算要死，也不能比我早……不對，你絕對要活著回來。」

看來她一眼就看穿我在想什麼了。

不過，那雙藍眼仍然透露出滿滿不安與畏懼……真受不了這位大小姐。

我稍稍將臉湊近她，低聲說道：

「別擔心。我不會死，而且妳也不會死，對吧？」

「那……當然。」

我們笑著交錯彼此的天劍，命令愛馬前行——

「白玲，我們走！」「沒問題！隻影！」

*

我拉動弓弦，對阻擋我們去路的無數敵軍射出箭矢，殺出一條血路。

他們似乎還來不及換上阮古頤和部分「赤槍騎兵」穿的金屬甲冑。

我沒有細數自己在開始進攻之後射倒了多少人……拋下已空空如也的箭筒，向努力追隨在身後的年輕士兵喊道：

「空燕，再來！」「這是最後一個了！」

「春燕！」「是！」

在接過新箭筒時，與我並駕齊驅的白玲也射出箭，將敵方騎兵射下馬。

與年輕士兵容貌神似的年輕女兵立刻遞出箭筒。

我看往後方，對庭破與其他張家軍發號施令。

「我們去前面的山丘！別落後了！」

「是！」

在敬陽精挑細選的大批駿馬絲毫不畏懼充滿混沌、混亂與死亡的戰場，直直奔上小山丘。

我停下馬，立刻確認戰況，卻不禁皺起眉頭。

中央的禁軍承受不了西冬的復仇攻勢，已潰不成軍。

他們的無數屍體將草原化作血海。

先前深信一定能夠打勝仗的黃北雀想必也已命喪黃泉。

「沒想到禁軍會這麼快就遭敵軍擊潰……」

白玲小聲表露她的震懾，握緊手裡的弓。

縱使總指揮官再怎麼蠢，他不在戰場上的這場仗，本來就沒有勝算……

左右兩翼的徐家軍和宇家軍雖然仍在英勇抗戰，但他們不只要應付前方的「灰槍騎兵」，還得應付逐漸繞到側面以及後方的西冬軍。

即使是由榮帝國數一數二強悍的武將來率領這些士兵，也遲早會敗給敵軍吧。

不曉得我們趕不趕得及在那之前和徐將軍會合。

「你們再重新分配箭矢。分好了以後——我們就去殲滅打算包圍徐家軍的一部分敵人。如果有人的馬累了，就趁現在撤退，不許說謊逞強。」

白玲沒有注意到我的憂慮，直接對張家軍下達精確的命令。

我不禁揚起嘴角。真不愧是我的妹妹！

「……喂。」「嗯。」「隻影大人……在、在笑？」「少爺就是這樣。在敬陽也是如此。」

好像讓士兵們誤會了。真遺憾。白玲將水壺遞給我。

「別露出莫名其妙的表情，大家都在看你呢。還有，我才是姊姊！」

「不、不要猜我在想什麼啦！」

我接過水壺喝一口，又扔回去。白玲也在接住之後打算喝一些——

「隻影，左邊！」「好！」

我在白玲提醒的同時對身穿紅甲冑，且滿身鮮血地試圖衝來山丘上的敵方槍騎兵射出箭矢。人數約數十人。

是「赤槍騎兵」的餘黨嗎？單看人數，應該是斥候。

先前遇到的騎兵都能夠一箭解決，但曾受「赤狼」率領的精兵果然不同凡響。他們巧妙地駕馬散開，舉盾朝我們直衝而來。

……他們是死士。或許是說什麼都想殺死我和白玲，替阮古頤報仇吧。

單靠箭矢無法擋下那種內心已滿是仇恨的士兵。

而且我們在這時候消耗過多戰力，就無法去營救徐將軍和飛鷹了。

「白玲！掩護我！」「隻影！」

我把強弓和箭筒塞給空燕，不顧白玲的制止衝向前方。

敵方最前頭的騎兵很快就已近在咫尺。

「殺——」

我躲過戳向我的銳利長槍，在經過敵人身邊的同時給予毫不留情的一劍。

還沒聽到人墜落地面的沉悶聲響，就拿著「黑星」衝往另一小群騎兵。

五名「赤槍騎兵」雖然神情抽搐，依然毫不畏懼地直奔向我——

「唔！？！！！」

「抱歉，我還不能這麼早死。」

我毫不留情地將長槍、劍、頭盔與皮甲冑全數一刀兩斷！接著要愛馬回過頭，並大喊：

「白玲！！！！！」「一齊放箭！」

在轉瞬間失去戰友的其他赤槍騎兵即使跑上山丘，卻對是否該攻擊隻身一人的我感到遲疑，因而停下腳步。他們也因此遭到箭雨襲擊。

有能耐在敬陽那次艱難撤退當中倖存下來的敵方騎兵毫無招架之力，接連倒下。

我盯著成功逃離的少數騎兵背影，甩掉「黑星」劍身上的血。

……他們明顯是刻意來找我們的。

白玲與張家軍一同跑下山丘的途中，附近忽然傳來吼聲與哀號，以及一件惡耗。

「敵方將領宇常虎——由我『灰狼』叟祿博忒拿下了！！！！！」

「玄國」軍旗隨即加速前進，「徐家軍」的軍旗則是顯然逐漸失去鬥志。

左翼被攻破了！

「隻影！」「……走吧，得趕快跟徐將軍會合。」

我一對來到身旁的銀髮姑娘這麼說完，便命令愛馬奔跑。

拜託！一定要來得及啊！

「徐將軍和飛鷹在哪裡！」我們在打倒玄國騎兵和攻打南軍尾端的西冬軍之後，對潰逃的我方士兵如此大吼，並義無反顧地衝進激戰處。一段時間過後——白玲突然用她右手的「白星」指向前方。

「在那裡！」

十幾二十名敵方騎兵將我們的友軍團團包圍。

雖然已經破爛不堪，卻也看得出那面軍旗特別大……那是徐家軍的中軍！

死命揮舞長槍的飛鷹正率領著一支軍隊在周遭奮戰，嘗試打破包圍網。

超過一千人的士兵之中，沒有任何一人打算逃跑……為什麼？

還來不及深入思考，就有一批注意到我們的敵軍離開包圍網，準備迎擊。

所有騎兵都穿著灰色軍袍——是「灰槍騎兵」！

「滾開！！！！！不要白白送死！！！！！」

敵軍完全不顧我這聲叫吼，直衝而來。他們的士氣非常高昂。

我咬緊牙根……如果能跟飛鷹會合，我們也可以撤退。

由於敵我雙方都是騎兵，根本還來不及猶豫，就得和敵軍短兵相接。

「別擋路！！！！！」

「黑星」每散發一道漆黑鋒芒，就會讓草原多一灘鮮血。

「隻影，右邊又來一批了！」

我砍斷窮追不捨的那名騎兵的腿，迫使他落馬。白玲這時出聲提醒。

數百名甲冑滿是鮮血的敵軍發現己方陷入苦戰，開始逐步改變陣形方向。

——……這樣下去不妙。

我斬殺右方的騎兵，連同他的長斧一起砍斷。接著拔起插在地上的一支長槍，扔往看來像是敵方將領的男子。

「唔！」

長槍精準插中敵方將領的胸口，隨即落馬——導致包圍網出現微小的破綻。

深陷苦戰的飛鷹也在這時注意到我。

「隻影閣下！！！！！爹他……！爹為了保護我……」

「飛鷹！快帶著你們的兵撤退！！！！！」

青年哭喪著臉揮劍殺敵，猛力搖頭拒絕我的勸告。

我擋下射向白玲的箭，對逐漸遠去的飛鷹大喊：

「這個傻瓜！！！！！你打算犧牲所有人的命——……」

我從敵方騎兵之間的空隙短暫看見徐家軍的中軍，這才立刻理解究竟是怎麼回事。

徐秀鳳正在和攻擊我們的黑衣將軍——義先單挑！

「你身手挺不錯的！報上名來！」

徐將軍渾身甲冑都是自己和敵軍的血，但他仍然轉動著手中長槍，勇敢笑道。

敵方將領拿著失去劍尖的漆黑大劍回答：

「……『黑刃』義先。」

白玲下令準備突擊時，身處包圍網之中的徐將軍將長槍刺向義先。

「你就是玄國最強的勇士吧！確實值得當我這輩子的最後一個對手！」

這就是「鳳翼神將」的氣魄！他的膽力實在驚人。

鬥志高昂的武將微微轉動雙眼——與我四目相交。

「抱歉……犬子就拜託你了。」

「唔！徐將軍！！！！！」

包圍網之間的縫隙消失，只聽見好幾道尖銳的金屬聲響。

與「護國」張泰嵐及「虎牙」宇常虎兩位戰友一同支撐「榮國」至今的徐秀鳳，正在絞盡最後的力氣阻撓義先。

我握緊經過一連串激烈戰鬥後仍然沒有任何缺損的「黑星」，努力從喉嚨擠出話語。

「……白玲……妳跟飛鷹一起帶大家撤退。我——」「不行！」

我方騎兵圍繞在我們周遭，迅速射出所剩不多的箭矢。白玲拿布擦拭我臉頰上的血，而那雙藍眼當中蘊藏著強烈意志。

「我絕對、絕對不會讓你一個人留下來！你若堅持要去，那我一定一起去！不會讓你獨自攬下重擔！」

白玲緊握拳頭，甚至從手中流出鮮血。

……以我現在的能耐，不可能有辦法拯救徐秀鳳和徐飛鷹。我從懷裡拿出布，擦拭銀髮姑娘臉頰上的鮮血，接著轉頭對後方正在待命的士兵們下令：

「我們去救徐飛鷹——之後馬上撤退！聽好了，你們千萬別送命。這麼愚蠢的戰場不值得你們賠上性命。」

「遵命！張隻影大人！」

飛鷹率領的軍隊遭到敵軍壓制，逐漸靠向我們這裡。要會合並不難，問題在於——……我若無其事地詢問白玲：

「那個——」「不可以。」

她立刻拒絕。我皺起眉頭，不滿地說：

「我什麼都還沒說耶。」

「用不著聽你說，我也知道。八成是要說『我來殿後，妳先逃』吧？」

激烈的金屬碰撞聲響依然未歇。

「唉……妳這個大小姐就是這樣！」

「我是受到從十年前就住在同個屋簷下的人影響，這大概是不治之症了。」

真不可愛，這種時候的張白玲真是一點都不可愛！

飛鷹率領的部隊開始無法維持陣形。

我們高舉「黑星」與「白星」，簡單命令：

「「前進！」」

「喔喔喔喔喔喔喔喔喔喔喔喔喔喔喔喔！！！！！」

張家軍大聲吆喝，衝向攻擊飛鷹他們那群敵軍的側面。

我們也重新握好手中的「天劍」。

「白玲。」「……你又想說什麼了？」

再次呼喚她的名字，換來了一次摻雜怒火的瞪視。

我將「黑星」扛在肩上，向她說出真心話。

「我很感謝——妳願意在這時候陪在身邊。謝謝妳。」

「唔！那…………那是我想說的，我才想對你這麼說呢…………傻瓜。」

白玲的藍眼泛起淚光，表情也彷彿隨時會啜泣起來。

等她用袖子擦拭眼睛後，我們便對彼此點點頭。

「好了，我們走！」「好！」

後來——我們在千鈞一髮之際成功救下飛鷹，並在瑠璃精準掌握「良機」的掩護之下，順利離開了仍舊能夠聽見金屬聲響的戰場。

哪怕是生涯最後的戰斗，「鳳翼神將」徐秀鳳也取得了輝煌的「勝利」。

「敵軍待命部隊已拋下紮營地，目前由西冬軍展開追擊！告辭了！」

＊

傳令兵一回報完最新戰況，便快步離開帳篷。

我——叟祿博忒將棋子放在桌上的地圖上，開始沉思。

自那場大戰的三天以來，各地皆是紛紛傳來捷報。

留在首府收拾戰後殘局的軍師先生對我下達的命令是——

「叟祿閣下請專心指揮就好，千萬別親上前線。」

不過……老實說，我現在實在閒得無所事事。

我們拿下不少敵方將領，讓他們潰不成軍，追擊起來自然也沒什麼意思……甚至已經開始懷念數天前戰場上那位即使受了傷，還是親自與我交鋒的強將。

以後還有機會再遇見足以和他匹敵的強敵嗎？

「敵方總指揮官、禁軍與其他友軍之間似乎有嫌隙，我們就針對這一點下手。希望「灰槍騎兵」可以負責殲滅禁軍的後勤部隊，但對其他部隊不要下重手。屆時那些不熟悉戰場的敵方將領必定會選擇劫掠百姓。若一切順利——我們便等於拿下了這場仗。」

——一切全如軍師先生所料。

徐秀鳳和宇常虎兩位強將勢必會成為我國明年過後大舉進攻之際的阻礙，而他們在這場仗中的英姿也確實令我不得不佩服——只是他們仍然戰死於蘭陽的草原。

尤其徐秀鳳面對義先還能打得幾乎不相上下，替己方軍隊爭取到不少撤退的時間。

……失去這樣的人才，實在可惜。

如今榮帝國足以威脅我國的武將僅剩那位「張不敗」，但即使是他，也不可能獨自抗衡我國的大軍。

蘭陽那場仗可說是確定了我們玄國終將統一天下的命運。

然而討厭的是我們不只一次，而是二次仰賴「高人」的力量，才得以在對我方有利的天氣之下迎敵。沒想到她連哪一天會起霧都能猜中——

「傳、傳令！」

忽然有另一名士兵驚慌地跑進帳篷內。

我舉手制止想斥責他的屬下，直截了當地問：

「怎麼了？還不快冷靜下來講述詳情！」

「啊……是……」

傳令單膝跪地，在喘口氣後低下頭說：

「派遣至東方的部隊因遭受敵軍反擊戰敗，損失約千名兵卒！」

「……什麼？」

在場的其他人也一陣譁然。敵軍之中竟有人能夠在敗得如此難堪的情況下維持鬥志。

「對方是哪個將軍？」

「這不得而知……不過，對方舉著『徐』和『張』的軍旗。」

在場的所有人皆比剛才還要更加訝異，在我身後待命的義先也微微抽動了眉毛。

我看著地圖，自言自語道：

「大概是徐秀鳳的血親，或是他麾下的餘黨，又或者是殺死阮將軍的張家軍……」

這下棘手了。尤其後者人數雖少，卻能在數天前那場仗中對我軍造成不小的損害，甚至能夠成功撤退。我詢問傳令兵：

「你們掌握敵軍的動向了嗎？」

「……是！他們在攻打我國軍隊之後兵分二路，退往南方與東方。兵力是南方較多。」

先不論剩下的徐家軍，可不能放過張家軍。

一般應該會認為東邊的是張家軍，但人數差異如此明顯，反倒很可疑……也就是說——

我拿起倚放在一旁的長槍，對最信賴的副將大喊：

「義先！我們走！」

「……叟祿大人，請您稍等。」

「怎麼了？」

我定睛凝視他的臉龐，發現他滿是戒心。我軍最強的勇士搖頭道：

「我們在數天前拿下了敵方兩位強將。剩餘敵軍勢必只有極少數能夠跨越國境。但是……我們的馬和兵卒都已疲憊不堪。若您堅持追擊──」

「很可能會反被敵軍擺了一道，是嗎？」

「……是！」

儘管我們大勝榮國，但他們拚死抵抗，也造成我軍不小損失。所以追擊大多是交由我們不會在乎犧牲多少兵卒的西冬軍負責。

我在短暫沉思後──

「──知道了。」

決定該怎麼做。

徐家軍和張家軍都應該儘早殲滅，畢竟他們都有足夠能耐逃出幾乎必死無疑的戰場。

「義先，你率領兩萬兵力去追南方的敵軍。我帶五千兵力去殲滅東方的敵軍！」

就算他們仍然鬥志高昂，也無法改變人數上的劣勢。我們只需派出一半「灰槍騎兵」，便能令他們毫無招架之力。

然而，吾師依然緊皺眉頭。

「……請您至少等待軍師大人下令。」

「那樣會錯失良機！而且軍師先生也說『即使主要由西冬軍負責追擊，情況緊急時仍應各自判斷，盡可能斬除敵軍』！」

我凝視他的雙眼，懇求這位共度將近十年時光的男子。

「我們預計明年春天以後大舉進攻榮帝國，假如可以趁這次機會打倒徐家軍餘黨和那些棘手的張家軍，就能減輕各個將軍和士兵們的負擔，皇上也能夠高枕無憂……義先，拜託你，算我求你！就允許我去殲滅他們吧！保證不會逞強。」

我沒有說謊，這些都是真心話。

而且——我不想錯過親手替戰友「赤狼」報仇雪恨的好機會。

諸位將領緊張得沉默不語。最後，義先還是選擇退讓。

「……遵命。」

「感激不盡！……就算我去的那一邊才是張家軍，也別怨我喔。」

我對義先這麼笑道，他才終於露出微微笑靨。

接著拍打眼前這位戰友的肩膀，與他立下約定。

「等這場仗澈底落幕，就來『燕京』讓我請你吃一頓大餐吧。我得到了一些從老桃那邊來的好酒。」

＊

「隻影大人、白玲大人，一切準備就緒！王明鈴姑娘送來的『那個東西』也已經交給軍師姑娘精挑細選出來的那些特別有膽量的人了。」

「知道了。嘿咻。」「謝謝，拜託你們了。」

鎧甲上留有刀痕的庭破向我們回報現況。我和白玲下了愛馬，將馬託付給士兵們照顧。

雖然即將入夜，但因為我們盡可能多擺了些篝火，並不會太過昏暗。

──這裡是西冬東部接近國境的地方。

而我們所在的這條小路也是煌帝國「雙英」以寡敵眾，成功打倒「餓狼」之地，也因此被稱作「亡狼峽」。

我看向左右兩邊的懸崖上方，確認成功跟著我們撤退的士兵們都躲在上頭。

我們吸收了倖存的徐家軍，人數比進攻時稍多一點。而且前幾天徐飛鷹成功率領倖存的南軍殲滅敵方斥候部隊，士氣已經沒有先前低迷。

或許是因為老爹的名聲大得連他國人民都有耳聞，再加上我們撤退時依然嚴禁士兵們劫掠，一路上都沒有居民攻擊舉著張家軍旗幟的我們，也因此幾乎沒有消耗多餘體力。

懸崖上的年輕士兵——空燕用小鏡子的反光對我和白玲打暗號。

我轉頭面向庭破。

「看來會有敵軍過來。應該不至於因為地名有『狼』，就來一個四狼將吧……」

我對騎在馬上那位很不高興由我們擔任「誘餌」的軍師姑娘閉起一隻眼睛——

「庭破，接下來就聽軍師姑娘的指揮吧。如果計策泡湯了，也不用顧慮我——」

「不用顧慮『我們』，直接撤退吧。不需要嘗試營救我們。」

白玲打斷了我的話。

「……喂。」

「我們的計策不會失敗，我相信瑠璃姑娘。」

軍師姑娘咬緊嘴唇，把藍帽子戴到幾乎要蓋住眼睛，手上拿著綠色卷軸。

那雙綠眼在幾次深呼吸之後——散發出深邃的智慧光輝。

「蘭陽那場仗是他們大勝榮帝國。」

禁軍與西軍遭到澈底瓦解，南軍也只能勉強成軍。主要的將領們也個個不是戰死蘭陽，就是在撤退的路上被敵軍殺死。

沒有踏入戰場的林忠道大概也不會有什麼好下場。

——只剩下我們得以成功撤退，並同時造成敵軍傷亡。

瑠璃露出微笑，眼裡盡是鬥志。

「不過，他們卻在把榮帝國士兵往死裡打的路上突然踢到鐵板。而且打敗他們的還是張家軍和殘存的徐家軍。他們『一定不會放過讓他們在這場勝仗中蒙羞的一群人』……要猜中他們在想什麼，實在是太輕而易舉了。」

這位金髮姑娘有點像王英風。

那傢伙也是彷彿有雙鷹眼，而且不只能夠看透戰場的變化，甚至能看透整個戰局。

瑠璃當然還是遠遠比不上他。我故意語帶調侃地說：

「喔～那還真是可怕耶～可是……我們這樣兵分兩路真的好嗎？雖然是飛鷹他們自願的……」

打退一批敵軍以後，瑠璃便命令我們兵分二路。

我們負責率領張家軍和部分自願同行的徐家軍約兩千人前往東方，也就是敬陽的方向。

飛鷹則和剩餘五千人退往南方。

在極端劣勢之中選擇分批前進，其實非常危險。

瑠璃將自己的水壺塞給白玲，並回答我的疑問。

「我們的確打倒了太過掉以輕心的斥候部隊。不過——就算我們全部聚在一起，也不會改變人數居下風的事實。所以不如兵分二路，把彼此當成『誘餌』逃跑，讓敵軍派來的兵力也跟著分散。就來效仿過去曾在此地打倒異族的『雙英』吧。」

我用手指緩緩滑過劍鞘。

記得那時候——英風下令我們要兵分二路。

他要我率領較少人的部隊，在當時尚未命名為「亡狼峽」的這座峽谷等待「餓狼」前來，一口氣拿下他。

「好好好，萬事交給你。既然都要在這裡埋伏了，就給敵軍一個痛快吧！」

「沒問題。」「祝您武運昌隆！」

瑠璃和庭破騎馬前去自己的崗位。

在場的只剩下——

「白玲。」「隻影。」

我們同時呼喚彼此的名字。也太不會挑時機了吧！

「……怎樣？」「有什麼事嗎……？」

「「…………」」

我們一同陷入沉默。

我在短暫猶豫過後，舉起手說：

「啊，這個嘛——還是算了。反正那也不像我的作風。」

「這樣啊。你不說，那我要說了。」

白玲突然靠近我。

她伸出手，用纖細的手指觸碰我沾滿塵土的臉頰，並露出美麗的微笑。

「我一定會保護你，你也要好好保護我喔。」

……被她搶先說出口了。

我伸手摟住銀髮姑娘的背，輕輕擁抱她。

感覺到她纖細的身體在顫抖，接著在她耳邊表明我的決心。

「…………沒問題，我一定會保護好妳。」

我放開她，拔出「黑星」走往小路中央。

白玲也拔出「白星」，走到我左邊。

——風捎來動物的味道，以及無數馬蹄聲。

我對著不顧天色逐漸變暗，仍舊快馬前來的大群騎兵吶喊：

「到此為止！你們這些『狼』別想走！！！！！！！！！！！！！！！！」

「唔！？！！」

大群灰色騎兵忽然停下腳步，明顯受到驚嚇。

我和白玲很有默契地一同露出微笑，舉劍報上名號。

「吾乃張隻影！亦為張泰嵐之子！！！！」

「吾乃張白玲！同為張泰嵐長女！！！！」

敵軍明顯更加驚慌，看來他們終究沒想到會只有兩人來擋住他們的去路。

我出言調侃眼前數百名敵方騎兵。

「喂喂喂，我們兩個張家人都特地自報姓名了，你們的將軍難不成是不懂得報上名號的野人嗎？還是說——你們幾百個人會怕我們少少兩個人？？」

「～～唔！」

敵軍臉上顯現怒火。可以聽見劍和長槍被握緊的聲音，也可看見他們的馬匹用前腳把地上刮出一些凹痕。

看起來是負責率領他們的壯年騎士舉起左手——

「且慢！」

一名俊美的武將駕馬來到前方，簡短制止他。

俊美武將手上拿著的巨劍和義先那把非常相像，身上穿著灰色頭盔與甲冑。

……這傢伙該不會是——

敵方將領瞇起眼睛，從馬上瞪著我們。

「張家的小鬼是不懂得怎麼講話才有禮貌吧？還有旁邊那位銀髮藍眼的姑娘……看來你們的確是張泰嵐的兒女——……所以——」

忽然覺得一陣毛骨悚然。他用巨劍指著我們，顯露強烈敵意。

「你們就是殺死我戰友『赤狼』的凶手！吾名為叟祿博忒！受偉大的阿岱皇上封為『灰狼』！你們就用所剩無幾的時間，把我的名字銘記在心吧！」

「……唔！」

身旁的白玲倒抽一口氣。這也是在所難免。

沒想到「四狼將」之一會率兵前來追擊我們這種人數不多的小軍隊。

巨馬的嘶鳴響徹這附近的每個角落，叟祿也咆嘯著朝我們直衝而來。

「竟然在這裡等我，膽量實在令人佩服！就送你們倆一起上西天，作為回禮吧！！！！」

「誰要這種回禮！」「恕我拒絕！」

揮出一陣強風的巨劍與我們的「黑星」和「白星」相觸。

我們之間在短時間內冒出無數強烈火花——不久，叟祿便往後退開。白玲的臉頰流下汗水。

敵方將領把馬首轉向我們，表示驚嘆：

「哦……剛才那樣竟殺不死你們！兩個人聯手，實力大概不輸宇常虎。了不起！」

我重新握好劍柄，舒緩手部麻痺，隨後刻意出言挑釁。

「我是很感謝你的大方稱讚……」

「但你的武藝似乎沒有先前那位黑髮武將厲害呢。」

白玲立刻察覺我的用意，接著說下去。

叟祿的眉毛微微顫抖。

「……你們說什麼？」

上鉤了！他揮舞巨劍，齜牙咧嘴地瞪著我們。

「我的副將義先的確是我們玄國數一數二強悍的勇士！但我不認為自己的實力略遜於他！別

耍嘴皮子了——！」

「唔！」

敵方騎兵後頭的路被從山丘上滾落的圓木阻絕——並立刻冒出一陣巨響與大火，將黑夜染成一片紅天。

是明鈴派人送來，再由瑠璃指示該放在何處的火藥桶爆炸了。

我從沒聽過這種聲音，也沒聞過這種味道。逐漸延燒的火勢讓人與馬都陷入驚慌失措，陣形隨之瓦解。叟祿神色憤怒，朝著我和白玲破口大罵。

「混帳東西！！！！」

左右兩邊的懸崖上亮起篝火的光芒，揚起雖然已變得殘破，但也尚未倒下的「張」字軍旗。

遠看也能清楚看見那頭金髮的瑠璃舉起望遠鏡，再重重揮下。

「就是現在！放箭！！！！」

這陣箭雨使得毫無招架之力的敵軍一一中箭落馬。

若拖得太久——他們仍然會突破這層阻礙，不過至少成功逼迫他們分成兩批人馬。

第一階段成功了！

叟祿看著懸崖上的張家軍和重振旗鼓的騎兵們猛烈對射，嘲笑道：

「……哼！你們奇特的火計的確是有些驚人，但也終究只是伏兵，別以為這點小技倆就能打倒我們！」

叟祿毫不費力地打下飛向他的數十支箭矢，簡直神乎其技。他接著大聲怒吼：

「少耍小聰明！你們以為……我沒調查過你們早就用掉不少箭矢了嗎？應該就快見底了吧？『亡狼』不過是天方夜譚！別做無謂的掙扎了！！！！」

叟祿再次駕著巨馬衝向我們。已經沒有起初那麼猛烈的箭雨完全擋不住他。

「這可難說喔。」「你太小看我們的軍師了。」

——但我們絲毫不感到焦急。

「撤退的榮帝國軍隊沒有足夠箭矢。」

因為瑠璃早料到敵方會知道這項情報了！

圈套……即將完成。

叟祿將巨劍高舉過頭。

「少逞強了——唔！」

宛如雷鳴的轟天巨響響徹了整座峽谷，使得叟祿錯愕不已。

天上沒有半朵雷雲。

「這、這是……！」

巨馬被這道從沒聽過的巨響嚇得高舉前腳。

牠背上的叟祿趁著還沒被甩落，先自行滾落地面。

頭盔被順勢甩出去的叟祿單膝著地，在重新站穩後以滿懷憎恨的眼神瞪著我。

後方的敵軍騎兵有近半數因為巨響和扔向他們的小石子落馬，發出哀號。懸崖上的瑠璃大力揮動用雙手舉著的軍旗。

原本變弱許多的箭雨再次恢復起初的威力，老兵們也騎著馬衝下山丘。

我們迅速逼近叟祿——

「『灰狼』閣下，你們確實是很強悍的敵人！」

「也非常確定你們一定會派騎兵來找我們！」

「嘖！！！！」

分別從左右兩旁砍向叟祿。

他靈活使用一般在近距離下難以運用的巨劍，在烈焰當中不斷架開我們的攻勢。

「你應該也知道，馬本來就是種膽小的動物。就算牠們再怎麼習慣戰歌和銅鑼的聲音，也還是容易受到驚嚇！」

「看來牠們好像很受不了『西冬』暗中開發出來的『火槍』造成的巨響呢！」

這就是瑠璃的「計策」。

後有大火，左右有伏兵——前方則有我們兩個人堵住叟祿的去路，讓他孤立無援。

加上「火藥」和「火槍」這兩種千年前尚未存在之武器的「殺狼計」。

雖然改良的火槍沒有趕在蘭陽那場仗前送來，但也不曉得王明鈴是用了什麼魔術，竟然有辦法把竹筒改良成銅製的火槍從敬陽送大約一百支過來這裡。

說不定那傢伙才是真正的「仙娘」呢！

我們時而同時進攻，時而交換位置，時而快或慢。

我和白玲合力譜出的劍舞正緩慢——而且確實地將敵人逼入絕境，流出鮮血。

「可惡！可惡、可惡、可惡————！！！！」

叟祿在火光當中使出一記強烈的橫掃，逼得我們不得不退後，他大聲叫吼：

「我不會輸！絕對不會輸！！！！我還沒超越義先！還沒親眼見皇上統一天下！！！！！怎麼能輸！！！！」

剛才那一連串攻擊竟然打不倒他。

我軍正在猛烈攻打仍未脫離混亂的敵軍騎兵……但要是被阻絕在外的敵軍想辦法繞進來，我們說不定會一口氣落入劣勢。即使「火槍」已經過改良，還是得花上些許時間才能射出第二發。

——只能賭賭看了。

我對舉著「白星」，且正在努力調整呼吸的青梅竹馬使了個眼色。

沒有確認她是否有意會到我的意思，就隻身衝向叟祿，使盡全力揮下手中的劍。

「受死吧！」「別瞧不起人了！」

漆黑劍身與出現裂痕的巨劍猛力交會！

這次交鋒吹起了沙塵與火星——

「白玲！」「喝————！！！！」

銀髮也隨之飄揚的白玲毫不猶豫地砍向叟祿。

——一道純白色的鋒芒。

再也經不起攻擊的巨劍瞬間斷成兩截，彈上高空。

「什麼？竟然能夠砍斷鋼劍！？！！」

叟祿因為驚訝而產生了些許遲疑。

他依然拔出腰上的劍，試圖砍向我的身軀——

「真抱歉！這場賭局——……是我們贏了！！！！」

不過漆黑劍身搶在瞬間之前貫穿了敵方將領的身體。

他手中的巨劍因而落地，插進地面。

叟祿嘴裡溢出鮮血——

「咳……………阮、阮將軍……義先…………皇……上……對不……起……」

並隨著這遺憾癱倒在地……這場勝負的輸贏只在一線之間。

看來我們比他厲害的不是武藝，而是武器。我深吸一口氣——

「敵方將領『灰狼』！由我張隻影與張白玲拿下了！！！！！！！！！」

歡呼聲響遍了逐漸化作火海的戰場。

「喔喔喔喔喔喔喔喔喔喔喔喔喔喔喔喔！！！！！！！！！！！！」

相較於我軍立刻高聲喊出喜悅，敵方騎兵則是迅速喪失鬥志。

我和白玲凝視著這幅光景——

「「…………」」

默默用拳頭敲擊彼此的拳頭，單是這點小小的舉動——就能交心。

在峽谷上方的瑠璃大喊：

「你們兩個動作快！快點撤退！」

我們高舉「天劍」回應。

這下也算是勉強達成「讓趁勝追擊的敵人受挫」的目的，再來只需要回到敬陽就好。

我蹲下身子，替叟祿閉上雙眼。

……他的確是個可怕的強敵。

看見庭破和士兵們正牽著我們的愛馬過來。

我和白玲對彼此深深頷首，朝山丘上的瑠璃揮了揮手。

「我們要盡全力撤退了！渡河就靠明鈴的小船！假如沒有船，就游回去吧。」

「……不要說這種觸霉頭的話！到時候你可要揹著我渡河了。」

尾聲

「少爺！白玲大小姐！……幸好、幸好兩位平安無事……！」

離開「亡狼峽」之後——就是位於西冬東邊國境的大河支流。

白髮白鬚的老將——禮嚴率軍在這個返回敬陽的路上最後且最大的難關等待我們到來。他毫無顧忌地流下了大把男兒淚。

「老大爺，別在敵人的領地哭啦。總之，至少我跟白玲都還活著。」

「禮嚴，謝謝你前來支援。不過……這是怎麼回事？朝霞，先讓開一點！」

被隨侍女官抱著的白玲回頭看向後方，疑惑地問道。

——她看著那三座本來不存在的「橋」。

每座橋底下都有墊著一層板子的小船。

我和白玲在最後才渡河，這些橋走起來相當穩固。再加上現在天氣不錯，所有兵馬都順利抵達對岸。

老實說，原本還以為渡河會花上不少時間，甚至做好了覺悟，最壞可能要與敵軍戰鬥來拖延時間……

禮嚴摸了摸白鬚。

「喔，您說這個啊。」

「當然了！是我特地安排的！」

「「唔！」」

這突然的聲音來自照理說不會出現在這裡的某位姑娘。

「……嗚哇！」坐在附近石頭上的瑠璃發出小聲驚嘆。

戴著橘色帽子，身高有如小孩的栗褐色頭髮姑娘——王明鈴大搖大擺地走來我面前並露出高傲笑容，踮高腳尖。

「呵呵呵……早料到或許會有個萬一！就安排人搭起隻影先生之前說可用來搭便橋的小船！來，你就緊緊擁抱我，說：『妳好厲害！太棒了！居然敢大膽踏入敵國領地，明鈴，妳真應該當我的妻子！』吧！」

「……我沒有打算娶妳耶。」

這傢伙竟然又把跟我喝茶時聊到的點子成功做出來了。

之前的外輪船也是……王明鈴真是個不容小覷的人物。

我先是用眼神向在她身邊待命的黑髮美女問好──

「我衷心感謝妳。『火槍』與『火藥』都派上了很大的用場。妳是我們的救命恩人。」

再輕輕觸碰明鈴的臉頰。

隨後，明鈴眨了眨眼，很幸福似的笑著左右扭動起身體。

「──……欸嘿，欸嘿嘿～♪隻影先生☆」

「唔喔！」「唔……」

她從幾乎能夠貼身的距離抱上來，使我只能乖乖被抱住，無法躲開。

但我身上滿是交戰時沾上的塵土，還有自己的汗水和血漬……

「呃，喂，這樣會弄髒妳的衣服。」

「我一～點都不介意！……真的很高興看到你平安回來。」

明鈴開心說完，便把臉埋在我的懷裡，並安心地閉上眼睛。

她的頭髮上有些葉子和樹枝，想必是在指揮大家架橋時沾上的。

雖然沒有踏入戰場，卻也一直都在和我們一起奮鬥。

我小心拿掉葉子和樹枝，避免又讓她的頭髮更髒。這時有隻纖細的手伸向我們。

「好，到此為止。」

「喔？」「唔唔！」

明鈴被強制帶離我身邊，移動到脫離朝霞束縛的白玲面前。

白玲一放下那位栗褐色頭髮的姑娘，就立刻向她低頭道謝。

「明鈴，我也得向妳道謝。幸好有妳，我們才不必游泳渡河……但反正到時候我會叫隻影揹我渡河。」

這是在道謝吧？

朝霞——不行，靜姑娘正在安慰她，看來是幫不了忙。

金髮姑娘則是事不關己地吃著帶來的新鮮桃子。

王明鈴帶著微笑踮起腳尖，和那位貌美的銀髮姑娘四目相交。

「我也很高興白玲姑娘平安無事。不過！那句『叫隻影揹我渡河』可不能當作沒聽到！快給我說清楚！我看妳又趁戰鬥告一段落的時候，抓準機會黏著隻影先生了吧？」

「——……妳有什麼根據能證明我真的那麼做？」

白玲嘴上說得很冷靜，眼神倒是游移了起來。不、不要做這種會讓她誤會的事啊！

「嗯……瑠璃，妳一路上都跟在他們旁邊，她真的沒黏著隻影先生嗎？」

明鈴雙手環胸，轉而逼問仙娘，將她牽扯進這場爭執。

剛吃完桃子的瑠璃雖然明顯嫌麻煩，卻也離開岩石走向兩人。

「白玲晚上都跟我一起睡喔。但她好像每天早上都會開心地去找隻影鍛鍊。至於白天——她基本上都待在隻影身邊。在戰場上也是。」

「瑠、瑠璃姑娘！」「瑠、瑠璃！」

好戰友的背叛使得我和白玲驚慌失措。

明鈴雙手合十，露出不懷好意的表情。

「……白玲姑娘，妳還想狡辯什麼嗎？我這個人心胸很～寬大，也能聽聽妳的說法喲～★」

我的青梅竹馬惱怒地撥了撥銀髮，微微鼓起臉頰。

「——……我和隻影之間這樣很稀鬆平常，沒道理被妳說三道四。」

「噫～！妳那什麼好像在自豪你們很信賴彼此一樣的說法！我看瑠璃一定也覺得妳很無可救藥！對不對！」

「我跟瑠璃姑娘因為這場仗變得很要好，她一定會站在我這邊，對吧？」

明鈴和白玲幾乎在同一時刻逼近戴藍帽的姑娘。

顯然很受不了她們為這種事情爭吵的瑠璃瞇起右眼，看向我。

「……隻影——」「軍師姑娘，之後就交給妳了。」

「等、等一下啊！」

我聽著瑠璃這道從身後傳來的抗議，走向在岸邊的禮嚴。

我們因為吸收了其他軍隊倖存的士兵，單看人數是比出發時更多了。但我們也得讓想回家鄉的人如願才行。

從幾乎必死無疑的戰場中逃過死劫的庭破發現我前來，在深深敬禮過後離開。

我凝視著眼前平靜的河流，低聲下令。

「老大爺，等等要立刻撤掉這些橋。被他們用來過河就不好了。」

「是，本來就打算立刻撤掉。」

真不愧是老爹的副將。我伸手觸摸劍柄問道：

「敬陽這邊聽聞這場仗多少風聲了？」

「大致上都已知道——禁軍和宇家軍因為主將戰敗，已潰不成軍。由徐飛鷹率領的倖存徐家軍也在撤退時遭到追擊，在交戰之中傷亡慘重。徐飛鷹似乎是勉強逃回來了，但想必還得花上不少時間才能重建徐家軍。」

原來……往南方走的徐家軍還是被敵人找到了。

想起那位即使失去父親，也依然不放棄希望的青年。

他大概是覺得只顧著逃跑太窩囊，才會選擇交手。

我用左手扶額，閉上眼睛。

「……我要飛鷹南下之後記得往東走的時候，都勸過他要儘量避免交戰了。我們也在路上遇到『灰狼』，幸好有瑠璃的計策，才能順利拿下他。我會請她繼續擔任我們張家軍的軍師。」

禮嚴訝異得吊起他那已經沒有一絲烏黑的白眉。看來是因為這件事才剛發生不久，還沒傳進他耳裡。

「什麼……您居然又打倒一位『四狼將』……」

「我們只是運氣比較好罷了。而且……」

「隻影大人？」

一陣強風把水面吹出強烈漣漪。

——我想起那把漆黑巨劍的詭異鋒芒。

雖然我們打倒了「灰狼」，但那位黑衣武將很有可能繼承他的遺志。

甩開腦海裡的妄想，放下左手。

「沒事。你快安排去『白鳳城』的傳令。我想儘快跟老爹談談今後該怎麼防守邊疆。」

「當然沒問題……少爺，您這是覺得今後的局勢會惡化到需要儘早擬定對策嗎？」

「……對。」

我無法克制自己的語氣變得冰冷。

回頭看向身後的白玲她們，讓自己先冷靜。

「都說了，我和瑠璃情同手足，她就像是我的親妹妹！」

「不，瑠璃姑娘是我的妹妹，不會把她交給妳的。」

「……我不是妳們的妹妹耶……？」

夾在白玲和明鈴中間的瑠璃雖然看起來很傷腦筋，卻也能看見她身邊飄出白花。

在一旁看著她們這段爭吵的靜姑娘、朝霞和士兵們臉上也顯露笑意，讓我放鬆了不少。

於是對老將講述自己對目前戰況的想法。

「這場仗讓我們遇見瑠璃這位求之不得的仙娘，白玲和庭破……甚至連我們的士兵也有不小的成長。但這場仗帶走的性命……也是多不勝數。阿岱應該也已經注意到這一點，我不認為他會放過這個大好機會。我們失去了『鳳翼』和『虎牙』……現在只剩下『護國神將』和臨京的老宰相能夠保護榮帝國了。」

*

玄帝國首府「燕京」。

我——赫杵與義先一同回到西冬，前來皇宮最裡面的中庭，並跪地回報戰況。

冷汗順著臉頰滴落地面，渾身顫抖不已。

這完全是出於畏懼。

雖然不太想承認……但我的確害怕坐在眼前這位容貌宛若女子的人物。

「……以上就是我們這次帶回的戰果，阿岱皇上。」

我從小就知道自己聰穎過人。

會受到看好我這份長才的「千狐」推舉為玄國軍師，自然不是什麼怪事。

我自認現世只有過去意外從我這裡拿下一棋局的那位姑娘能夠與我一較高下。

甚至暗自認為——即使是皇上，也不可能在軍略上勝過我。

……然而，事實卻非如此！

我咬緊嘴唇，將頭壓得更低。

「失去『灰狼』的責任並不在他自己，或是義先身上。您要怪就怪負責指揮的在下吧……」

那則惡耗傳到蘭陽時，我實在不敢相信自己聽到了什麼。

「叟祿博忒將軍——不敵張隻影與張白玲，已死於兩人手中！」

沒想到張家的小鬼繼「赤狼」之後，又殺死了一個玄國引以為傲的「四狼將」！

皇上站起身，我的身體依然在顫抖。

他長長的白髮掃過我的眼角，冷靜的嗓音竄入耳中。

「我軍因為有你獻計，才得以拿下名聞遐邇的『榮國』三大將——張泰嵐、徐秀鳳、宇長虎其中二人。」

「唔！」

我拚命忍住差點脫口而出的驚呼。

——因為皇上把他雖然小，卻又沉重的手放上我的肩膀。

「這場仗不只殲滅敵國兵卒十萬餘人，也使得西冬民心轉向我們玄國。赫杵，我可不會蠢到懲罰你這樣的功臣。」

「啊……是！在下失禮了，還請您允許在下感謝您的寬宏大量！」

即使嘴上講得很流暢，內心卻已掀起一震狂瀾。

「灰狼」是中了敵人的計才會喪命。

意思就是張家有個敢把我當猴子耍的軍師！

絕對不會原諒那傢伙，總有一天會洗刷這個恥辱。

依然低著頭的我暗自下此決心時，皇上問道：

「義先，你怎麼看張家的兩隻幼虎？」

「張泰嵐的女兒不是在下的對手，但拿著那把神祕黑劍的兒子……」

勇士抬起頭說：

「或許——是足以匹敵張泰嵐的強敵。」

「……這樣啊。」「…………」

張隻影——那個打退義先，殺死叟祿的人……他究竟是何許人也？

皇上合起書卷。

「很好，我就好好褒賞你吧。你今後——就是玄國的『黑狼』了。」

「……恕在下無法——」「唔！義先閣下！」

我連忙制止我軍數一數二強悍的勇士。

要是拒絕皇上的旨意，觸怒了寬容的皇上，還是有可能遭判死罪。

皇上舉起他小而白皙的手。

「我不許你拒絕。我們不久後會再次南征。不覺得『四狼』只剩兩匹，稍嫌寂寥嗎？若你真為叟祿之死感到懊悔——就多立下戰功，替他報仇雪恨吧。知道了嗎？」

「——……遵命。」「謝、謝皇上。」

我和義先一同低下頭，握緊了拳頭。

我永遠不會忘記自己受過的恥辱，以及這種失去好戰友們的悲傷。一定會想方設法打倒張隻影和張白玲，還有他們那可惡的軍師！

阿岱皇上非常有威嚴地高聲宣言：

「下一仗——我們玄國必定會一統天下。因此，目前須以養精蓄銳為重。赫杵、義先，辛苦你們了。先退下，在回西冬之前好好療養疲憊的身軀吧。」

*

我——玄帝國皇帝阿岱韃靼提拔了不成熟的軍師與沉默寡言的勇士後，坐在椅子上自語：

「這次下手的又是張隻影和張白玲，而且叟祿還是死在『亡狼峽』……若他還活著，未來必能成大器。甚是可惜。」

「赤狼」阮古頤。

「灰狼」叟祿博忒。

他們都是難得的忠臣，也是優秀的強將。

當然——還是遠遠比不上「皇不敗」，但也不能怪他們不夠強悍。

我讀過所有的史書，因此有自信斷言——

這千年來，沒有任何武將的武藝能夠比我那位好友高超。

即使義先是玄國首屈一指的勇士，也依然不敵巔峰時期的皇英峰。

……如果他也是玄國武將，我們老早就統一天下了。這世間果然無法凡事都能順心如意。

假如他也能像我一樣投胎轉世，那該有多好。

我思考一些無可奈何的事情，伸手觸碰花瓶中那來自「老桃」的花。

接著靜靜問道：

「所以你認為張家那兩隻幼虎帶著的黑劍與白劍，就是我這些年來一直在尋覓的天劍嗎？」

「目前還無法保證……但就情況來看確實是如此，而『高人』也這麼認為。」

戴著狐狸面具的人物出現在視野一角。他披著一件外衣，身材較為嬌小。

他是不為人知的密探組織「千狐」的一員。

……竟然不只是他，連暗中掌控「西冬」，而且鍾愛仙術的那位妖女都這麼想。

密探將金屬片扔到桌上，似乎是巨劍的碎片。

「『黑刃』與『灰狼』的巨劍是天下聞名的好劍。但『黑刃』的劍已滿是傷痕……『灰狼』的甚至斷成兩截。實在教人難以置信。」

「…………」

皇英峰生前曾用天劍斬開老桃那顆常人不可能砍得開的巨岩。

我拿起銳利的金屬片，低聲講述自身想法。

「即使張隻影拿著一把黑劍，也不足以令人輕易相信他們手上的就是『天劍』。不過——他們打倒了兩匹『狼』，倒也是千真萬確的事實。尤其又是張泰嵐的兒女，的確需要更加當心。」

我將金屬片插進攤在桌上的戰略圖。

上頭寫著一個名字——「徐飛鷹」。

「所以，我們就利用『鳳翼』留下的兒子來設局吧。參與這場進攻的愚蠢副宰相和『老鼠』也『一如我們的安排』，成功活了下來。假如順利——」

烏雲遮住太陽，傳出雷鳴。

「說不定也能趁這次機會，除掉臨京那位礙事的老人家。」

「鳳翼」與「虎牙」已斷。

棘手的強敵僅剩張泰嵐。

以及——老宰相楊文祥。密探轉過身說道：

「……你真是個可怕的男人。真搞不懂皇英峰怎麼會把一統天下的願望託付於你。我們春天再相會。若赫杵不夠優秀——」

我緩緩搖頭，接著把手肘撐在椅子的扶手上苦笑道：

「不用。我就是覺得他那自認『論軍略，世上沒有任何人贏得過他』的稚氣有趣。明明也只不過是一板一眼地效仿前世的我。想必叟祿的死，應該也能讓他有點長進吧。」

「……你果然是個可怕的男人。」

戴著狐狸面具的人物走往中庭，消失得無影無蹤。

我望著插在戰略圖上的金屬片。

就連前世的我都只能單純佩著那對「天劍」，無法拔出劍鞘。

那對雙劍會挑主人——而且只會看上真正的英傑。

雖然他們拿的不太可能是真的天劍，但假若真的是——

想起那對天劍並沒有放在我所知的那間廟宇，心中不禁湧上一股憎恨。

「……那兩人在戰場上用應該無法拔出鞘的『黑星』與『白星』殺敵……」

上天再次以雷鳴回應我的自語。

烏雲尚未散去，我依然無法瞥見北方天上的「雙星」。

後記

三個月不見了，我是七野りく。

好驚險，真的太驚險了，總算趕上了。

截稿日當天早上的太陽殺傷力真的很強……想起自己那時候簡直快化成一堆沙子。

那麼來談談故事內容吧！

對，這次加入主角群的新角色是個女軍師。

史實上的「軍師」職位其實意外？很早就消失了。

現代一般對軍師的印象都是來自《水滸傳》或《三國演義》。

我個人認為會有「軍師＝使用超自然技術」的印象，應該是因為周朝的太公望、漢朝前期的張良、明朝的劉基這類表現格外亮眼的傳奇人物（再配上其他英雄的表現），才會導致傳承下來的故事逐漸變得浮誇。

所以一開始就決定好第二集會敵我雙方都有軍師角色。

——但他們不會用魔術或妖術啦。

瑠璃的仙術在戰場上毫無意義。

然而，隻影等人大概會一集比一集還要更信任她的軍事才能。

還請各位期待被白玲跟明鈴當妹妹疼，也會受隻影依賴的瑠璃未來有更精采的表現。

再來是宣傳！

《公爵千金的家庭教師》小說版最新第十四集將在近期發售（註：本篇後記提到的時間皆為日本出版狀況）。

……雖然寫這段後記的時候，還沒有全部寫完。

我、我會一邊喝咖啡，一邊努力的。

最後要向各方人士致謝。

責編大人，這一集也辛苦了。這次又給您添麻煩了。

cura老師，您畫的瑠璃太完美了！本來還很猶豫髮色跟眼睛顏色要怎麼辦……真的很慶幸最後是選擇這個配色！

也要向所有看完本書的讀者們致上最大的謝意。

Lycoris Recoil 莉可麗絲 Ordinary days

Kadokawa Fantastic Novels

作者：アサウラ　插畫：いみぎむる　原案・監修：Spider Lily

由招牌店員錦木千束＆井之上瀧奈共同交織
電視動畫裡見不到的咖啡廳日常風景——

在能夠遙望遭到破壞的舊電波塔的東京東側，有間既時尚又美味的咖啡廳——LycoReco咖啡廳。美味的甜品、槍戰、遊戲、懷舊連續劇、喪屍、怪獸，以及公路電影……還有些微的愛？當然也少不了咖啡和助人！彼此的關係也一天一天愈來愈深厚——

NT$250/HK$83

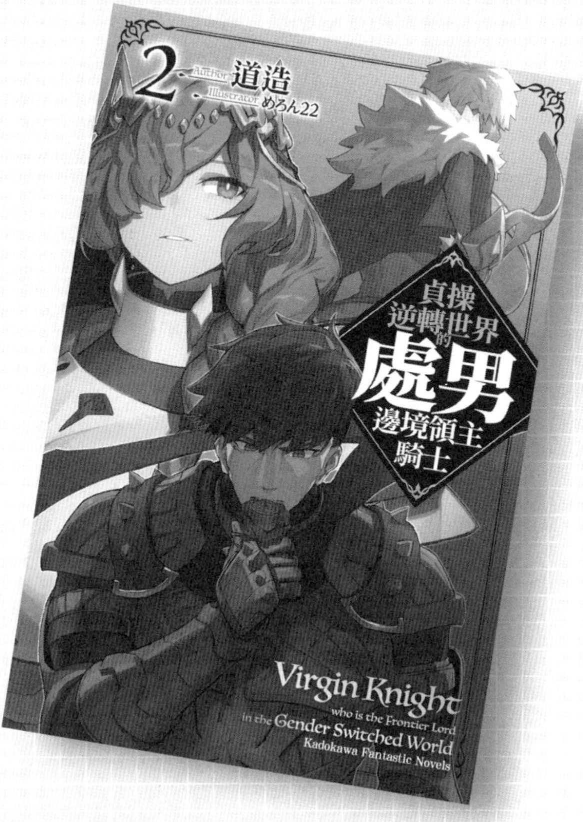

貞操逆轉世界的處男邊境領主騎士 1~2 待續

作者：道造　插畫：めろん22

貫徹「尊嚴」的男騎士英雄傳記，
眾所期盼的第二幕！

初次上陣獲勝的法斯特回到波利多羅領過著悠哉的日子，但馬上又被叫回王都，這回要他擔任和平談判使者出訪鄰國維廉多夫。莉澤洛特女王建議他，和平談判的成敗端看能否斬斷「冷血女王」維廉多夫女王卡塔莉娜之心……？

各 **NT$260/HK$87**

魔王學院的不適任者～史上最強的魔王始祖，轉生就讀子孫們的學校～ 1~11 待續

作者：秋　插畫：しずまよしのり

追尋消失的「火露」下落，故事舞臺終於來到「世界的外側」！

打倒艾庫艾斯後，世界進行了轉生。然而至今流失的「火露」仍然下落不明，阿諾斯等人因此得出一個假設：「在這個世界的外側，可能存在另一個世界。」就像要證實這一點似的，當阿諾斯他們在摸索前往世界外側的方法時，身分不明的刺客襲擊了他們——

各 **NT$250~320/HK$83~107**

判處勇者刑
懲罰勇者9004隊刑務紀錄
2
ロケット商會
插畫 めふぃすと
Kadokawa Fantastic Novels

判處勇者刑 懲罰勇者9004隊刑務紀錄 1~2 待續

作者：ロケット商會　插畫：めふぃすと

極惡勇者部隊集結完成！
深入越發激烈的鬥爭與陰謀的漩渦……

討伐了魔王伊布力斯後，懲罰勇者部隊成功守下了謬利特要塞。但平穩的生活並未來臨。不知為何以「劍之女神」泰奧莉塔為目標的暗殺教團、混在人類當中的魔王斯普利坎等等，大量敵人阻擋在賽羅等人面前，最後更發展成毀壞整座城市的大亂鬥——！

各 **NT$280/HK$93**

坐我隔壁的前偶像，要是沒我的企畫就無法過日常生活 1~2 待續

作者：飴月　插畫：美和野らぐ

「欸，今後你也要教我很多東西唷。
——並非身為偶像的我，而是往後的香澄美瑠。」

意識到對蓮的心意，有生以來第一次的戀情讓美瑠不知所措。為幫助美瑠找到全新的自己，這個暑假蓮打算與她一同度過，增加平凡卻無可取代的回憶……兩人的關係正悄悄地逐漸改變。另一方面，蓮的同學兼好友——琴乃，則因為蓮的變化而動搖——？

各 **NT$240~260/HK$80~87**

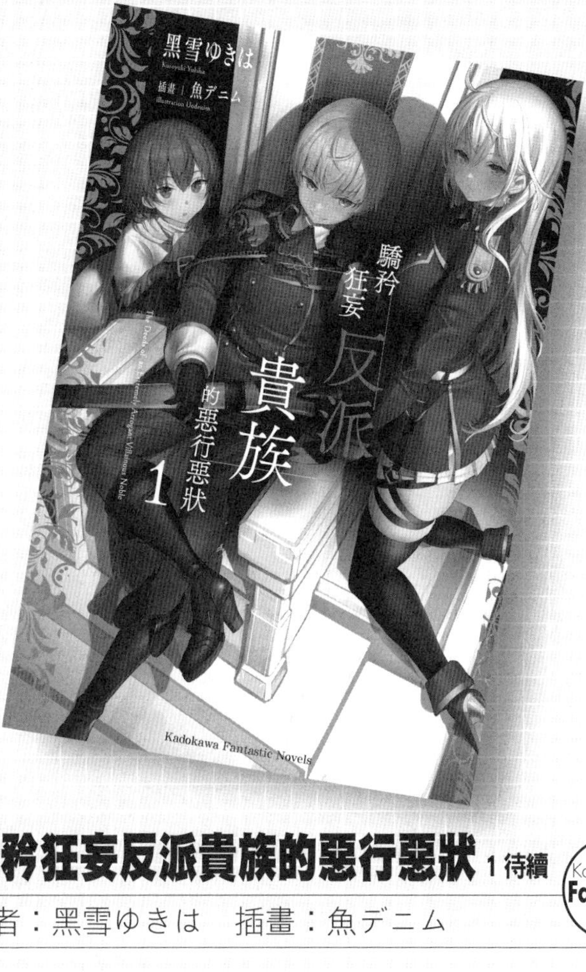

驕矜狂妄反派貴族的惡行惡狀 1 待續

作者：黑雪ゆきは　插畫：魚デニム

迴避自負導致的毀滅結局吧——
運用「壓倒性的才能」開創命運！

我轉生成了奇幻小說的反派貴族——盧克．威薩利亞．吉爾伯特，是陶醉於自身怪物般的才能，最終被自己輕視的主角打敗的「配角」。為了迴避「毀滅結局」……只能放下自負開始努力！原先注定毀滅的反派認真起來，原作的故事將澈底脫軌！

NT$240/HK$80

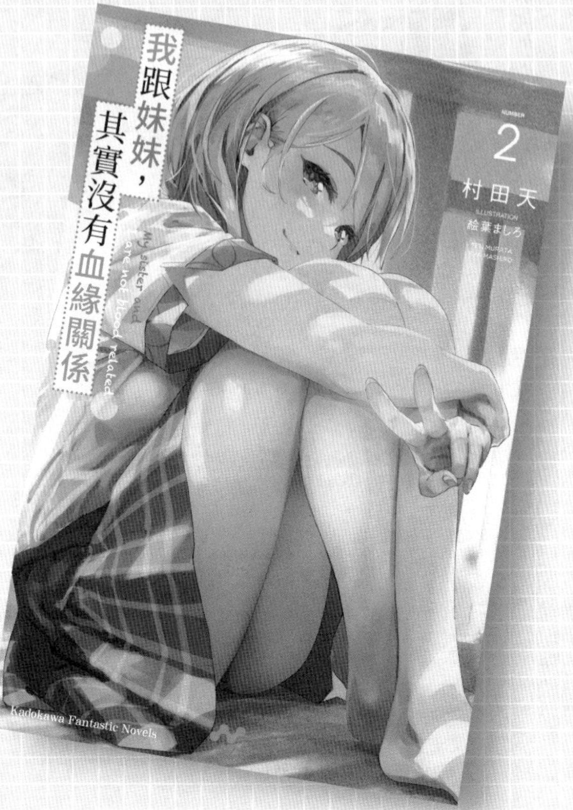

我跟妹妹，其實沒有血緣關係 1~2 待續

Kadokawa Fantastic Novels

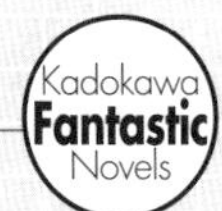

作者：村田天　插畫：絵葉ましろ

祕密的潰決將我與兄控妹妹之間的關係
帶往更深沉的境地——

夏天到來。家人間感情融洽的入鹿家，也有許多夏日活動隨之而來。什麼，爸媽面臨離婚危機？我跟久留里還有四葉組成新的家庭？然而在這些活動及騷動當中，感覺會比平常還更加歡騰或是更加消沉的妹妹久留里，看起來不太對勁。

各 **NT$240/HK$80**

Silent Witch 1~5 待續

作者：依空まつり　插畫：藤実なんな

第二王子與鄰國進行外交談判
〈沉默魔女〉竟被官方指派擔任護衛！

學園開始放寒假。當然，極祕任務也能暫時喘口氣——莫妮卡才剛這麼想，就被官方指派了新任務，要在第二王子與鄰國進行外交談判的期間，以〈沉默魔女〉的身分正式擔任護衛。萬一〈沉默魔女〉與學生會會計是同個人物的真相曝光就糟了！

各 **NT$220~280/HK$73~93**

國家圖書館出版品預行編目資料

雙星的天劍士/七野りく作; 蒼貓譯. -- 初版. -- 臺北市 : 臺灣角川股份有限公司, 2024.03-

冊 ; 　公分. -- (Kadokawa fantastic novels)

譯自 : 双星の天剣使い

ISBN 978-626-378-656-1(第1冊 : 平裝)

861.57 　　113000374

雙星的天劍士 2

（原著名：双星の天剣使い 2）

2024年3月25日 初版第1刷發行

作者：七野りく
插畫：cura
譯者：蒼貓

發行人：台灣角川股份有限公司
總監：呂慧君
總編輯：蔡佩芬
主編：林秀儒
編輯：楊芫青
設計指導：陳晞叡
美術設計：郭虹吟
印務：李明修（主任）、張加恩（主任）、張凱棋

發行所：台灣角川股份有限公司
地址：104台北市中山區松江路223號3樓
電話：（02）2515-3000
傳真：（02）2515-0033
網址：www.kadokawa.com.tw
劃撥帳戶：台灣角川股份有限公司
劃撥帳號：19487412
法律顧問：有澤法律事務所
製版：尚騰印刷事業有限公司
ISBN：978-626-378-656-1